勿論、慰謝料請求いたします！5

soy

B's-LOG BUNKO

ビーズログ文庫

contents

ルドニーク・
レイノ・パラシオ
しっかり者の王子殿下。
自分に媚びないユリアスに惹かれる。
ユリアス・ノッガー
お金儲けが大好きな
伯爵令嬢。
損得で物事を考える
傾向があり、恋愛は不得意。
勿論、慰謝料請求いたします！
5

人物紹介

バネッテ

植物を操るドラゴン。
普段は人の姿で過ごしている。

マイガー

ユリアスが経営する
ブティックの店員。
父は宰相で母はマチルダ。

ハンナ

ホテル・チャロアイトの従業員。
ドジでよく物を壊す。

モーリス

ホテル・チャロアイトの従業員。
ハンナの兄。

アイーノ・ミッシェルズ

アイーノ伯爵家の令嬢。
ユリアスの学園の後輩。

カローラ

ノッガー伯爵家の
万能なメイド。

イラスト／m/g

終わりではなく門出です

お金儲《かねもう》けが生き甲斐《がい》の私、ユリアス・ノッガーにも利益以外に大切なものがある。

家族は勿論《もちろん》のこと、同じぐらい家で働いてくれている従業員も大切だ。

そんな中でも、特別大切な人ができたのは本当に不思議だと思っている。

私の特別な人は、婚約者《こんやく》であるルドニーク・レイノ・パラシオ殿下《でんか》である。

殿下は、私が元婚約者との婚約破棄《はき》を計画していた時も協力してくれたり、試作品のレポートを書いてくれたり、隣国《りんごく》との貿易が円滑《えんかつ》に運ぶように尽力してくれたり、王族を守護するドラゴンに会わせていただいたり、私にいつも刺激《しげき》と安心感を与《あた》えてくれる。

周りから見ればただの卒業かもしれないが、日常から殿下がいなくなるなんて考えてすらいなかった私自身への衝撃《しょうげき》は計り知れないものになっていた。

私は涙目《なみだめ》になりながら殿下の前に立っていた。

「そんな顔するな」

涙する私を愛《いと》おしそうに見つめ、さらに破顔しながら殿下はゆっくりと涙を拭《ぬぐ》ってくれた。

側《そば》にいることが当たり前になりすぎていて、卒業という名の別れを実感してしまい、殿下の優《やさ》しい声にさらに涙が溢《あふ》れる。

この日、殿下は学園を卒業してしまうのだ。

厳密に言えば、殿下だけでなく私のお兄様のローランドも、殿下の乳兄弟《ちきょうだい》で私の店の従業員のマイガーさんも卒業である。

仲良くしていた人達がこぞって卒業だなんて、ハッキリ言って寂《さび》しい。

私の目元の涙を指ですくいながら殿下は優しく微笑《ほほえ》んだ。

「そんな顔をするぐらいなら、飛び級して君も卒業してしまえばよかっただろ？」

私が通うこの学園は、成績重視の学園なので、良《い》い成績をとれば出席日数は関係なく進級できるし、飛び級もできる。

普通《ふつう》の学園であれば、出席日数の問題で私は進級できないし、殿下も留年していたはずだ。

「殿下は私が何故《なぜ》学園に通っていると思っているのですか？」

「学ぶためでは？」

私はハンカチをポケットから取り出し目元を拭った。

「私は市場調査のために学園に通っているのです。飛び級なんてしたら貴重なリサーチの時間が減ってもったいないじゃありませんか！」

私が力強く、ハンカチを握《にぎ》りしめて言うと、殿下は呆《あき》れた顔をした。

「君は本当にブレないな」

「その言葉、褒《ほ》め言葉として受け取りますわ」

殿下は深いため息をついた。

こんな、商魂逞《しょうこんたくま》しい私を学園内で支えてくれたのは、呆れ顔のまま私の頭を優しく撫《な》でるこの人だ。

「これで学園を卒業してしまうと、俺だけが君に会いづらくなるのが辛《つら》いところだ」

殿下が不満そうな顔をしながら私の頬《ほお》に触《ふ》れた。

「そうなのですか？」

「そうだろ？　ローランドは君の兄だから毎日会えるし、マイガーは君の店の従業員だから会う機会も多い」

言われてみれば、学園は理由なく殿下に会える貴重な場所だったのだ。

「そんなふうに言われたら、さらに寂しい気がします」

頬にある殿下の手に頬擦《ほおず》りをして、大きな手を堪能《たんのう》してみた。

殿下がビクッと跳《は》ねた気がして見上げれば、殿下の顔が私に近づいてくるのが解《わか》った。

ああ、キスされる。

そう思った瞬間《しゅんかん》、殿下の背後にお兄様がいるのが見えた。

案の定、殿下は背後から羽交《はが》い締《じ》めにされていた。

「殿下、僕の妹に何をするつもりですか？」

「ローランドこそ、そろそろ空気を読んでくれてもいいんじゃないのか？」

お兄様は口元をヒクヒクさせた。

「何をおっしゃっているやら、妹を守るためには最高のタイミングですよ」

「守るってなんだ！　俺は彼女の婚約者だぞ！」

ムッとした顔の殿下にお兄様はニッコリと笑顔《えがお》を向けた。

「まだ、たかが婚約者程度のやつは、節度を持ったお付き合いをしてほしいものですな！」

殿下はますます眉間《みけん》にシワを刻んだ。

「自分はマニカと婚約者でもないくせにイチャイチャしているだろ？」

兄は勝《か》ち誇《ほこ》ったように口元を大きく引き上げた。

「僕とマニカ様は自由恋愛《れんあい》のため、より深い愛を育む必要があるのです」

「自分だけ正当化しようとするな！　恋人《こいびと》はよくて婚約者が駄目《だめ》なんてことあるか！」

殿下の言葉は、正論だと思う。

「婚約の時の書類に結婚《けっこん》まではユリアスの許可なく不用意に触《さわ》らず、清い交際をすること。

と書いておいたのですが、読まれませんでしたか？」

　お兄様の言葉に殿下の動きがブリキのおもちゃのようにぎこちなくなった。

「なんだそれは？」

「ユリアスとの婚約が決まった際に何枚か書類にサインを書かされたはずです。何を浮《う》かれていたのかは知りませんが、書類の内容はきちんと確認《かくにん》してからサインした方がよろしいかと」

　殿下は目を見開き言葉を失った。

「その点、僕とマニカ様は書類上で交《か》わされる政略的な意味合いなどを持たない、純粋《じゅんすい》なお付き合いですので」

　お兄様は勝ち誇った笑《え》みを浮かべ、殿下は敗北を確信したのか、項垂《うなだ》れた。

「お兄様も学園を卒業した後はマニカ様と不用意にイチャイチャできなくなってしまうのではないでしょうか？」

「……いや、まあ、そうだが」

　私の言葉にお兄様は困ったように眉《まゆ》をハの字に下げた。

「私を心配してくださるのは凄《すご》く嬉《うれ》しいですが、私と殿下がこれから頻繁《ひんぱん》に会うことができなくなるように、お兄様もマニカ様と気兼《きが》ねなくイチャイチャすることができるのが今日を逃《のが》すと結婚するまでお預けになってしまうのでは？　ですから、少しでも長くマニカ様の側にいてあげてください。殿下も反省しているようですし、私は大丈夫《だいじょうぶ》ですから」

お兄様は私をギュッと抱《だ》きしめ、名残惜《なごりお》しそうにその場を離《はな》れていった。

お兄様がいなくなってからも殿下は暗いままで、私は仕方なく背中をさすってあげた。

「お兄様の言っていた契約書《けいやく》でしたら、絶対に記載《きさい》してくれなくては困るとお父様とお兄様がつけ加えたものですわね」

私が説明を加えると、殿下は絶望したように項垂れた。

「何故君は飛び級して一緒《いっしょ》に卒業してくれなかったんだ……」

「ですから、市場調査のためですわ」

そんな殿下が可愛《かわい》く見えるのは恋の末期症状《しょうじょう》である。

「君が一緒に卒業してくれていたら、直《す》ぐにでも結婚するのだが」

最近の殿下は甘い言葉を恥《は》ずかしげもなく言いすぎではないだろうか？

「殿下、王族に嫁《とつ》ぐための花嫁修業《はなよめしゅぎょう》もしなくてはいけないので直ぐに結婚はできませんわ」

間違《まちが》いなく、私の言葉は正論であって、照《て》れ隠《かく》しというわけでは、ない！　はずである。

一国の王子殿下の元に嫁ぐとなればそれなりの花嫁修業があるのだと聞いている。

「だが、花嫁修業は城に住み行うことだろう？　今よりは格段に会える時間も増えるはずだ！」

それはそうかもしれない。

「その分、私の趣味《しゅみ》である経営に関しての時間がなくなるということはどのようにお考えですか？」

私が詰《つ》め寄《よ》ると、殿下はグッと息を呑《の》んだ。

「それに、殿下は先ほどのお兄様の言葉をきちんと理解していないのでは？」

殿下はバツの悪そうな顔をする。

「理解しているつもりだが……ちゃんと書類を確認して君に嫌《きら》われない程度に清い交際を模索《もさく》する他ないのだろう？」

勿論、節度は大切だと思うし、殿下なりの清い交際がどんなものかも気になるが、そうではない。

「お兄様はおっしゃっていましたわ。私の許可があればいいと」

「？」

殿下は私の言葉を理解できなかったのか、首を傾《かし》げた。

「〝ユリアスの許可なく不用意に触らず、清い交際をすること〟と書かれているとおっしゃっていたではありませんか？　ということは、私の許可があれば多少は許されるのでは？」

そんな私の屁理屈《へりくつ》に殿下は唖然《あぜん》とした後、声を上げて笑った。

た。

それでも殿下は楽しそうに笑い、私の手を摑《つか》むとチュッと音を立てて手《て》の甲《こう》にキスをした。

「笑いすぎですわ」

「では、愛しの婚約者様に許可をいただかなくてはいけないな」

殿下の物語にでも出てきそうな行動に、ドキドキが止まらない。

「殿下、その角度の写真を撮《と》らせていただけませんか？　殿下の王子様のような写真！　売れる」

私ですらドキドキするのだから、他の女の子ならいくら出してでも買ってくれるに違いない。

殿下が深いため息を吐《は》いた。

「こんなこと、君にしかしない」

「私にしてくださって大丈夫です！　ただ、私の背後から写真を撮らせていただけるだけで」

「断る」

頑《かたく》なな殿下に、私ががっかりしながら小さく舌打ちをしてしまったのは仕方がないと思う。

「俺は、君以外にこんな姿見せる気はない」

「そんなふうに言われたら、まるで私が特別みたいではありませんか？」

無自覚に甘い言葉を使うのはやめてほしいといった態度で言えば、さらに殿下は深いため息をついた。

「さっきから俺は君が特別だと言っているんだが」

「そ、そうなのですか？」

あまりに直接的に言われたせいで、顔が熱い。

「ああ、君は俺の特別だ」

甘い空気に耐《た》えられず、殿下の顔が直接見られない。

殿下の言葉は無自覚ではなく、私に自覚させるためだったのだと今更《いまさら》ながらに気づく。

「そんなことを言われては、殿下に会えない学園生活が寂しくて仕方なくなってしまいますわ」

私が小さく呟《つぶや》けば、殿下は私を強く抱きしめた。

「俺の方こそ、卒業したくなくなってしまうだろ」

殿下の切なそうな声が耳元に響《ひび》く。

「ですが、一国の王子殿下が留年では、いささか格好悪いのでは？」

「……今、この空気で、それを言うか？」

ハーっと息を吐き出し、私の肩《かた》に頭を乗せた。

「寂しいですが、殿下には格好いいままでいてほしいと思う私は勝手でしたか？」

そう言いながら、私は殿下の頭に頬擦りをした。

後日殿下が『あの時のユリアスは可愛すぎて鼻血が出るかと思った』と話していたとお兄様から告げられ、羞恥《しゅうち》に耐えるはめになることをその時の私は知る由《よし》もなかった。

新入生はファンですか？

別れがあれば出会いもある新学期。

殿下《でんか》は本格的に国王の仕事のサポートと引き継ぎのようなことを始め、お兄様は宰相《さいしょう》閣下の補佐官を始めたらしい。

マイガーさんは私の店である『アリアド』の人気従業員の仕事を変わらずに続けてくれている。

私は三人がいなくなった学園の寂《さび》しさなんてものは、早々に蹴《け》っ飛《と》ばして有意義な時間を過ごしていた。

市場調査がてらいつもの食堂で、仲良くなった庶民棟《しょみんとう》のルナールさんとグリンティアさんと話をし始めると、新入生の子達は不思議そうにしている。

普通《ふつう》に考えて、貴族棟の人間は庶民棟の人間と交流を持つことに否定的な考えをする人が多い。

だからこそ、はっきり言って、庶民棟だけでなく貴族棟の新入生も何が起きているのか解《わか》らないといった顔である。

それに、最近では私の元婚約者様《こんやくしゃさま》と婚約しているバナッシュさんもお昼をともにしている。

それは、傍《はた》からは異様な光景に見えるだろう。

「バナッシュさん、コレ食べてみません？」

クッキーをバナッシュさんに差し出すと、彼女は私とクッキーを交互《こうご》に見てから嫌《いや》そうな顔をした。

「コレ、何味？」

「……ヘルシーキャロットクッキーですわ」

「私がニンジン嫌《きら》いなの知ってるよね？」

バナッシュさんは満面の笑《え》みなのに怒気《どき》が伝わってくる。

「ヘルシーで、さらにラモール様が丹精込《たんせいこ》めて作ったニンジンで作ったクッキーですわ」

バナッシュさんは嫌々クッキーをつまむと、それを口に入れしばらく咀嚼《そしゃく》した。

「ユリアスさんは卑怯《ひきょう》だと思う。ラモール様が作ったなんて言われたら私に拒否《きょひ》権なんてないじゃない！」

そう言いながら、二枚目のクッキーを口に運ぶバナッシュさんに笑顔を向けた。

「お味はいかがですか？」

「悔《くや》しいけど美味《おい》しい」

私はそれを聞いてから、ルナールさんとグリンティアさんにもクッキーを勧《すす》めた。

「ヘルシーな上に、ニンジン嫌《ぎら》いなお子様でも食べられる美味しいクッキー！　売れますわ」

私が上機嫌《じょうきげん》で言えば、バナッシュさんが頬を膨《ふく》らませた。

「それ、私がお子様ってこと!?」

バナッシュさんの可愛《かわい》い反応に思わず微笑《ほほえ》んでしまった。

「絶対私のこと馬鹿にしてる」

「してませんわ！　バナッシュさんは私の大事なお友達ですから」

バナッシュさんはキョトンとした後、顔を赤らめながら口を尖《とが》らせた。

「ならいいけど」

そんなバナッシュさんを見て、ルナールさんとグリンティアさんが微笑んでいた。

「勿論《もちろん》、お二人も私の大事なお友達ですわ」

私達を傍観《ぼうかん》しているだけだった二人にそう言えば、二人も顔を赤らめて「はい」と返事をくれた。

「あの〜」

そんな時、誰《だれ》かの話しかけてくる声が聞こえ、見るとそこには赤茶色のショートボブへアーで、瞳《ひとみ》の色も赤茶色でパッチリ二重の可愛らしい女性が立っていた。

「あぁ～やっぱり！　ユリアス・ノッガー伯爵令嬢先輩《はくしゃくれいじょうせんぱい》ですよね！」

彼女は近づいてきて私の手を摑《つか》むと上目遣《うわめづか》いに私を見上げてニッコリと笑顔を作った。

「あの～私」

「確か、アイーノ伯爵家の御令嬢でしたわね」

アイーノ伯爵家は、不動産事業で頭角を現し最近伯爵位を手に入れた家柄《いえがら》だ。

昔ながらの貴族の間では成り上がりと嫌悪《けんお》する人もいるみたいだが、私からすれば仲良くなっておいて損のない家だったため事前にチェックしていた。

「わ～！　私のこと知ってくださってたんですか～。嬉《うれ》しい」

彼女は私の手を摑んだままピョンピョンと跳《は》ねた。

なんとも可愛らしい。

「私、ノッガー先輩とずっと仲良くなりたくて！　御令嬢でありながらお店を経営するその武勇伝をたくさん聞いています！　憧《あこが》れてます！」

独特なテンションの高さに、少し苦手なタイプだなぁと思ってしまった。

私は苦笑いを浮《う》かべた。

「ユリアスさんのそんな顔初めてみた」

バナッシュさんが楽しそうにクスクス笑っている。

いや、笑ってないで助けてほしい。

「ところで、ノッガー先輩はどうしてその人と仲良さそうにしているんですか？」

「えっ？」

彼女は人差し指を口元に持ってくると小首を傾《かし》げた。

「だって、その人ってノッガー先輩から男をとった人ですよね？」

あからさまな物言いに、思わず言葉が出てこなかった。

「それに……庶民棟の人達とも仲良くしているなんて、次期王太子妃《ひ》になられるのに慈悲《じひ》深《ぶか》いんですね！」

彼女の無邪気《むじゃき》な言葉の数々が、私の友人達の心を抉《えぐ》っている。

「貴女《あなた》は勘違《かんちが》いなさっているようですわ」

不思議そうな顔の彼女に私は笑顔を向けた。

「王太子妃になろうがならなかろうが友人だと思う人と楽しくお喋《しゃべ》りをすることが、私の癒《いや》しなのです。身分や些細《ささい》ないざこざで友人が減ってしまうなんてもったいないことではありませんか？」

私が同意を求めるようにバナッシュさんを見れば、バナッシュさんは呆《あき》れた顔になっていた。

「婚約破棄《はき》は些細ないざこざですむ話じゃないと思うんだけど」

「そうですか？　円満な婚約破棄だったではありませんか？」

バナッシュさんはゆっくり私から視線をそらした。

「円満な婚約破棄は慰謝料請求《いしゃりょうせいきゅう》する？」

「変に蟠《わだかま》りのある状態でいるより、慰謝料を払《はら》ってスッパリと関係が切れる方が円満解決だと思いますけど？」

「……まあね～」

バナッシュさんはフーっと息を吐《は》いた。

「そうだったんですね！　私には難しくてよく解らなかったですけど、お二人の仲がいいのだけは解りました！　それと～話は変わるんですけど、卒業してしまった王子様ってどんな方なんですか？　あ、深い意味はないんですけど、あまりにも雲の上の人すぎると逆に気になるじゃないですか？」

彼女が殿下のことを聞いてきた瞬間《しゅんかん》、バナッシュさんは勢いよく立ち上がった。

「私、そろそろ行くね」

「バナッシュさん？」

「やらなきゃいけない原稿《げんこう》あるし……それと、ユリアスさん！　解っているとは思うけど王子様の情報なんて国家機密なんだからペラペラ喋っちゃ駄目《だめ》だからね！」

私が首を傾げると、バナッシュさんは怒気を孕《はら》んだ視線を返した。

「守秘義務があんでしょ！　貴女も王族になるんだから、それぐらい自覚しなさい！」

「は、はい」

バナッシュさんの迫力《はくりょく》に思わず頷《うなず》けば、バナッシュさんは満足そうにその場を去っていった。

気づけば庶民棟のルナールさんとグリンティアさんも離《はな》れていって、私は彼女と二人取り残されてしまった。

「皆《みな》さん忙《いそが》しいのですね！」

いや、多分彼女に対して苦手だと判断したのだろう。

「ってことで、これでビジネスの話ができますね！」

彼女はニコニコしながらそう切り出した。

どうやら私は彼女の本質に気づけていなかったようだ。

「私、ノッガー先輩を尊敬していて今後とも仲良くしていきたいので、特別な取引をしたいって思ってるんです！」

そう言って彼女は私の前に写真を並べた。

「これは？」

私が興味を示すと、彼女は説明を始めた。

「私が父に頼《たの》んで手配してもらった、ノッガー先輩にお勧めしたい物件なんです！　その名も〝ホテル・チャロアイト〟です」

彼女は並べた写真の中の一枚を指差した。

見れば高台にそびえる少し小さめなホテルの写真だった。

「春は一面花畑で夏には海水浴ができ秋には裏山の紅葉を楽しめ冬には雪景色を堪能《たんのう》できる素晴《すば》らしいホテルなんですよ」

私は思わず頬《ほお》に手を当てて考えた。

そんな素晴らしいホテルが何故《なぜ》売りに出されているのか？

「このホテルは元々ある侯爵《こうしゃく》様が所有していたみたいなんですが、あまり経営上手ではなかったみたいで手放されたものなんですよ」

「それを、何故私に？」

「ノッガー先輩と仲良くなりたいからに決まっているじゃないですか！　それに、経営さえ上手《うま》くいけばこのホテルはお金になるのは明白ですから」

「私と仲良くなりたいためだけに、そんなに好条件のホテルを手放すのですか？　そんなに好条件であれば、手放す必要はないのでは？」

「私の家は、不動産を扱《あつか》う事業は上手くできるのですが、経営に関しては自信がないのです。父も直《す》ぐにでも売ってしまうつもりみたいで、ノッガー先輩と繋《つな》がりを持つためにはこれぐらい素晴らしい物件でないと……即決《そっけつ》してくださるなら、割引もやぶさかではないんです！」

彼女は私の前に契約書《けいやく》を出した。

内容は今直ぐにサインすれば五十パーセントオフになるというもので、隅《すみ》から隅まで念入りに契約書を読みおかしなところがないか確認《かくにん》したが、いたって普通のことしか書かれていなかった。

「私一人で決めるには、大きな買い物だと思います。少し時間をもらえないかしら？」

ホテルなんて大きな買い物をなんの調査もせずに買うわけにはいかない。

そんな私に、彼女は心苦しそうに言った。

「申し訳ございません。さっきも言ったように、父は直ぐにでも売ってしまうつもりなので、時間がありません。私がノッガー先輩と仲良くなりたいからって無理を言って持ってきたものですから、今日限りのチャンスなんです……ですが、元の持ち主である侯爵様も上手くいかなかったホテルだということもありますし、経営手腕《しゅわん》が問われる物件ですので無理にとは言えませんよね。すみません」

そんなふうに言われてしまったら、私が経営に自信がないからこのホテルを買わないのだと侮られているみたいで、なんだか悔しい気がする。

「もし、何か不都合があり手放したい場合はアイーノ家が買い取らせていただきますので、いかがですか？」

彼女の駄目押しに、私は面倒《めんどう》な気持ちを抑《おさ》えきれず小さく息を吐いた。

「解りました。貴女との縁《えん》を繋ぐために、私がこのホテルを買います」

普段《ふだん》だったらこんな挑発《ちょうはつ》には乗らないが条件が凄《すご》くいいのは解るし、もし不都合があれば買い取ってくれると言っているのだから、大きな問題のある物件ではないだろう。

このまま、彼女に絡《から》まれたまま、無意味に時間だけを消費するのは、私にとって得ではないと考えてしまった。

言い訳させてもらえるなら、だから私は彼女の差し出した書類になんの躊躇《ためら》いもなくサインしてしまったのだ。

仕事は趣味です

「君がそんな不確かな物を買うとは……」

お城に行きホテルを購入《こうにゅう》した経緯《けいい》を殿下《でんか》に話すと、不思議そうに顎《あご》に手を当てながら椅子《いす》の背もたれに体を預けた。

「そのアイーノ伯爵《はくしゃく》家の令嬢《れいじょう》とは、そんなに交流を深めたい人物なのか？」

私は彼女から渡《わた》された資料を殿下に手渡した。

「立地のよさに興味を持ちまして……今週末の休みに行ってこようと思っています。なので、もしよろしければ殿下も一緒《いっしょ》にいかがですか？」

殿下はしばらくフリーズすると、私の手渡した資料につけられた写真を確認《かくにん》した。

「……それは、二人きりでの旅行ということだろうか？」

殿下の何かを警戒《けいかい》するような瞳《ひとみ》に私は笑顔《えがお》を向けた。

「そのつもりでしたが、お兄様を宰相《さいしょう》閣下に取られてしまった殿下は仕事が忙《いそが》しく、時間がありませんでしょうか？」

今も殿下の執務室《しつむ》の机の上にはたくさんの書類が積まれている。

「週末の連休……少し頑張《がんば》れば行ける」

殿下も机の上の書類に視線をうつし、書類の山を上からポンポンと叩《たた》いた。

「心配するな。こんなものは直《す》ぐに片づく」

「無理をなさらないでくださいませ」

本気で心配して言った言葉を聞き、殿下は口元に笑《え》みを浮《う》かべた。

「君はお金になりそうなことに夢中になると、俺のことなんて直ぐに忘れてしまうからな。君からの招待にはできる限り応じたい」

キョトンとする私に、殿下は優しげに笑った。

「婚前《こんぜん》旅行だな」

殿下との時間が減ってしまった寂《さび》しさを少しでも埋《う》められたらと思って誘《さそ》った旅行だったのだが、婚前旅行なんて言われてしまうと途端《とたん》に卑猥《ひわい》な気がしてくる。

「へ、部屋は別々ですわ」

「だろうな」

何故《なぜ》か上機嫌《じょうきげん》に書類を処理し出す殿下に、なんだか負けたような気持ちになる。

「そんな顔をするな。不埒《ふらち》な真似《まね》はしない。君と一緒にいられるのは俺も嬉《うれ》しいからな」

不満そうな顔をしてしまっていたようで、思わず自分の頬《ほお》を両手で挟《はさ》む。

「最近の殿下は直ぐに甘い言葉を言って！　恥《は》ずかしくないのですか？」

思わず口にした言葉に、殿下は声を出して笑った。

「恥ずかしがっていたら、君には何も伝わらないだろ？」

「そんなこと」

「ある」

殿下は真っ直ぐに私の瞳を見つめて言い切った。

「俺は君を不安にさせたくないし、喧嘩《けんか》一つだってしたくないからな。自分が恥ずかしいぐらいの理由なら、思ったこと全部口に出して君に安心してもらいたいと思うことにした」

なんとも突飛《とっぴ》な考え方だと思う。

私のことを考えてくれているのだと感じて幸せだと解《わか》るが、普通《ふつう》の男性であればやっぱり恥ずかしくて言葉にするのは難しいことのはずだ。

「無理、してませんか？」

自分を偽《いつわ》り、無理をしているなら言葉なんていらない。

私の気持ちとは裏腹に、殿下は明るい声で言った。

「君を泣かせて土下座する以上に恥ずかしいことなんて滅多《めった》にあるわけがない」

前に殿下と喧嘩した時を思い出す。

あの時の殿下の土下座は絵に描《か》いたように綺麗《きれい》な土下座だった。

「それに、俺が思ったことを口にするようになってから、君の照れた可愛《かわい》い顔が見られるのも嬉しい誤算だ」

か、からかわれている？　いや、絶対にからかわれているに違《ちが》いない。

私が照れて慌《あわ》てる姿を見て楽しむために言っているに違いない。

でないと、私の心臓を止めにきているとしか思えないのだ。

「からかわないでください」

蚊《か》の鳴くような声で言ったはずなのに殿下には聞こえたようだった。

「からかってなんていない」

そう言いながら近づいてきた殿下は、私を軽く抱《だ》きしめて頭にチュッと音を立ててキスをした。

「そういった可愛い顔は俺の前だけでしてほしい」

最近の殿下は格好よすぎて困る。

それとも、私が殿下を好きになったせいで、格好よく見えているだけなのか？

「可愛くなんてありません」

「いや、可愛い」

甘い雰囲気《ふんいき》と顔が近づいてくる気配を感じたその時、殿下の執務室の扉《とびら》が勢いよく開いた。

「兄弟！　あれ？　お嬢《じょう》もいる」

「マイガー、空気を読んでくれ！」

殿下の悲痛な叫《さけ》びを無視したマイガーさんは、殿下に縋《すが》りついた。

「兄弟、聞いてよ～」

「こっちは、話じゃなくて空気を読んでほしいんだが？」

二人きりの甘い空気など、とっくに霧散《むさん》してしまったので、私は殿下から離《はな》れてマイガーさんの話を聞くことにした。

「とりあえず、ソファーに座ってはいかがですか？　お茶を淹《い》れてきますから」

私がそう促《うなが》すと、殿下の顔が絶望に染まり、渋々《しぶしぶ》ソファーに移動したようだった。

お茶とお茶菓子《ちゃがし》を用意してマイガーさんを見れば、お茶を一口飲んでから話し始めた。

「婆《ばあ》ちゃんのことなんだけどさ！」

たぶん、私と殿下は同時に〝だろうな〟と思ったはずだ。

「婆ちゃん、俺と全然イチャイチャしてくれないんだよ！」

殿下が遠くを見つめた。

「だからって俺とユリアスのイチャイチャを邪魔《じゃま》しないでほしい」

殿下が何かを呟《つぶや》いていたが、よく聞こえない。

「最近お嬢とルドはたっぷりイチャイチャしてるじゃん！　ずるい！」

たっぷりイチャイチャしたことはないと思う。

「ユリアスと俺が会う時間より、マイガーがバネッテ様と会う時間の方が多いだろ？」

殿下が呆《あき》れたように言った言葉は正解である。

私と殿下はお互《たが》いに時間を作ってでないと会えないが、マイガーさんは仕事が終わるとバネッテ様の家に通っている。

それは、毎日会っているということなのだ。

「毎日会ってもイチャイチャしてくれないの！　まあ、照れてモジモジしてる婆ちゃんも滅《め》茶《ちゃ》苦《く》茶《ちゃ》可愛いけど、俺はもっとルド達みたいにキャッキャウフフしたいの！」

私達だってキャッキャウフフなどといったことはした覚えがない。

私達がどうやってマイガーさんに反論しようか考えていると、マイガーさんがさっき私が殿下に見せるために広げたホテルの写真を見て手に取った。

「何これ？」

「最近買い取ったホテルです」

私の言葉を聞いた瞬間《しゅんかん》、マイガーさんの瞳がキラキラと輝《かがや》いた。

「最高じゃん！　お嬢お願い！　このホテル行きたい！　今週末なんて連休だしバッチリじゃん！　婆ちゃんとお泊《と》まりデートする！」

資料の写真を広げて燥《はしゃ》ぐマイガーさんをよそに、殿下の表情が引きつっている。

「あ、あの、マイガーさん。連休中の仕事はどうするつもりです？」

連休中なんて、店にとってはかき入れ時である。

店のオーナーとしては従業員の職務怠慢《たいまん》を見過ごすわけにはいかない。

「婆ちゃんとイチャイチャしたいから連休とってあるもん！　店長の許可ももらってるから大丈夫《だいじょうぶ》だよ」

すでに休みの申請《しんせい》をして、受理された後では何も言えない。

「このホテル近くに海あるじゃん！　婆ちゃんの水着姿見たい！　店でも水着売ろうよ。ポスター撮影《さつえい》するなら俺カメラマンするから！　ねぇ、お嬢いいでしょ？」

水着……ポスター……。

バネッテ様のようなスタイル抜群《ばつぐん》な人の水着ポスターを撮《と》ったら売れそうである。

「素晴《すば》らしい話ですわね。殿下、私急用ができましたのでお暇《いとま》させていただきます」

「待ってくれ。せっかく来たのにもう帰るのか？」

信じられないと言いたげな殿下に私は笑顔を向けた。

「早く帰ってバネッテ様に似合う水着のデザインを仕上げなければなりません」

「それだと、週末はマイガー達も連れて行くと言うのか？」

私は目をパチパチと瞬《しばたた》かせた。

「私のポスターではインパクトに欠けると思います」

「そんなことはないが、注目すべきはそこじゃない」

私はなんのことか解らず首を傾《かし》げた。

「二人きりって話は何処《どこ》へ行ったんだ？」

言われてみれば、そんな話をしていた。

「旅行は大人数の方が楽しいのでは？」

殿下は深いため息をついた。

「君と二人きりになるのがこんなにも大変だとは……」

「でもさ～」

マイガーさんはお茶請《ちゃう》けのクッキーを一つ口に入れた。

「お嬢と二人で旅行なんて若様が許すと思う？」

深く考えていなかったが、たぶんお兄様が殿下との二人旅に快く送り出してくれるとは到底《とうてい》思えない。

「俺と婆ちゃんがいるってなっても渋々ＯＫもらえるかどうかじゃない？」

殿下は少し冷め始めたお茶を飲むとフーと息を吐《は》いた。

「……旅行は人数がいた方がいいな」

二人きりの旅行の許可をお兄様に取ることを、殿下は諦《あきら》めたのだな～と、漠然《ばくぜん》と思った。

「じゃあ、決まりだね！　婆ちゃんにもこの話してくるね！」

マイガーさんはスキップでもしそうな勢いで執務室を去っていった。

「嵐《あらし》のように去っていったな」

殿下は疲《つか》れたように呟いた。

「私も準備をしなくては」

「もう、準備？」

「はい！　水着写真の準備を！」

私の言葉を聞くなり、殿下は眉間《みけん》にシワを寄せた。

「君は仕事をするんじゃなくて、休暇《きゅうか》を楽しむために行こうとは思わないのか？」

少し拗《す》ねた顔の殿下が可愛い。

「勿論《もちろん》休暇を楽しむつもりはありますわ！　ただ、付随《ふずい》する仕事があるだけです」

「休暇は英気を養うためにあるんだぞ。静養したり、趣味の時間にあてたりするのが普通だろ？　君が過労死するんじゃないかと心配になる」

本当に心配そうな殿下の顔に思わず苦笑いを浮かべた。

「心配などしなくて大丈夫ですわ！　私はちゃんと休んでいますし、趣味《しゅみ》の時間もしっかりありますから」

私の言葉に、殿下が凄《すご》く驚《おどろ》いた顔をした。

「趣味？」

「それが、何か？」

殿下は真意を探《さぐ》るように口を開いた。

「君に趣味があったなんて知らなかった。どんな趣味なんだ？」

殿下が興味津々《きょうみしんしん》に聞いてくるのを見て私はしまったと思った。

「一緒にできるような趣味だろうか？」

期待するような瞳で見てくる殿下にいたたまれない気持ちになる。

「君がスポーツなどをしているイメージはないが、スポーツだったりするのか？」

私が首を横に振《ふ》ると、顎に手を当てて殿下はさらに考える。

「では、散歩か？　ウインドーショッピングなんかはしっくり来る気がするな」

「そ、そうですわね。それが一番近いと思います」

私は気まずくて視線をそらした。

「何故目をそらす？　人に言えないような趣味なのか？」

「い……いえ」

「じゃあ、君の本当の趣味を聞かせてくれ」

私はしばらく黙《だま》ると小声で呟いた。

「仕事です」

「は？」

「だ、だから、仕事が趣味です！」

「それは趣味って言っていいのか？」

何を言われても仕事以外の趣味なんてない。

「たぶん、私は仕事を取り上げられたらストレスで病気になる自信があります」

「嫌《いや》な自信だな」

「ですので、殿下が国を一緒に経営してほしいとおっしゃった時、凄くときめいたんですの」

今でも、あの時の殿下を思い出すだけで、ワクワクしてくる。

「君の心を動かせたのならよかった」

殿下は柔《やわ》らかく破顔した。

心臓を鷲掴《わしづか》みにされたような気持ちになるから、その無防備な顔はやめてほしい。

「で、殿下は週末までに仕事を終わらせてください」

そう言って、私は逃《に》げるようにして殿下の執務室を後にした。

私も旅行の準備をしなくてはいけない。

殿下とゆっくりとした時間を楽しむことを想定しながら、私はウキウキした気持ちで家に帰ったのだった。

イチャイチャはほどほどに

旅行に出かける日。

道中は険しい山間部を通るため、馬車などの移動では時間がかかりすぎてしまうので使用するのは鉄道である。

馬車では三日以上かかる道のりが、一日で着いてしまうのは画期的としか言いようがない。

「私の背中に乗れば一時間で着きそうだねぇ」

バネッテ様の言葉はもっともだ。

「俺、鉄道での移動したことないから楽しみだよ」

「マー坊《ぼう》がそう言うなら……」

幸せそうなマイガーさんに強く出られずオロオロするバネッテ様が可愛《かわい》い。

「バカップルを見ると、頭がクリアになって冷静になってくるな」

そんな二人を冷めた目で見つめる殿下《でんか》と私の護衛のルチャルとバリガ。

さらにその隣《となり》で列車が着くのを待っている私は、苦笑いを浮《う》かべた。

周りから生暖かい目で見られているマイガーさんとバネッテ様は美男美女バカップルで、今もマイガーさんがバネッテ様を抱《だ》きしめてはキャッキャと騒《さわ》いでいる。

三歩後ろに下がって見ている私は他人のように空気に溶《と》け込み距離《きょり》を取りたくなる。

殿下もたぶん同じ気持ちだと思う。

「あ～ノッガー先輩《せんぱい》！」

そんな中一際《ひときわ》大きな声で呼ばれ、私は驚《おどろ》いた。

初老の執事《しつじ》を連れた令嬢《れいじょう》が駆《か》け寄《よ》ってくる。

彼女を警戒《けいかい》した私の護衛二人から殺気のようなオーラが出ている。

「やっぱり！　ノッガー先輩だ～！」

大声で手を振《ふ》る人物はアイーノ伯爵《はくしゃく》令嬢だった。

彼女は私のところまで来ると、チラチラと殿下を見ながら私の手を握《にぎ》った。

「こんなところで会えるなんて嬉《うれ》しいです！」

私は彼女にニッコリ笑顔《えがお》を向けた。

「ええ。私も嬉しいわ。ところで、貴女《あなた》も旅行かしら？」

「私はバカンスに行くところなんです！　この前お買い上げいただいたホテルの近くなんですよ！」

楽しそうに私の手を掴《つか》んだままピョンピョンと跳《は》ねる彼女は無邪気《むじゃき》で可愛い。

「ユリアス、彼女は？」

殿下が気にして声をかけると、彼女は私の手を離《はな》し優雅《ゆうが》な淑女《しゅくじょ》の礼をした。

「ご挨拶《あいさつ》が遅《おく》れて申し訳ございません！　アイーノ伯爵家長女のミッシェルと申します」

「君がアイーノ伯爵令嬢か」

「まあ！　私のことをご存知だったのですか！　嬉しい！　私のことはお気軽にミッシェルとお呼びください」

愛らしい笑顔を向ける彼女に殿下はよそ行きの笑顔を向けた。

「貴女のおかげでユリアスと旅行に行くことができる。感謝している」

彼女は少しだけムッとしたように口元を引き結んでから、笑顔を作った。

「いいえ。王子様のお役に立てたなら私、本当に嬉しいです！」

彼女の声がワントーン高くなり、瞳《ひとみ》がキラキラと輝《かがや》いて見えた。

そんな彼女とはあまり目を合わせずに私に笑顔を向ける殿下は鈍感《どんかん》すぎると思う。

きっと彼女は殿下とも仲良くなりたいのだ。

「王子様の目的地はどちらなんですか？」

「ユリアスが、君から買ったホテルだ」

アイーノ伯爵令嬢はニッコリと笑った。

「じゃあ、最寄《もよ》り駅《えき》は一緒《いっしょ》ですね！　私も同じ町の中心部にあるアイーノ伯爵家が経営している高級ホテルでバカンスの予定なんです！　あっそうだ！　もしよかったら、最寄り駅までご一緒しませんか？」

彼女の言葉にマイガーさんとバネッテ様が嫌《いや》そうな顔をした。

「悪いが、我らは個室を用意していて、仕事をしながらの移動になる。機密情報もあるし、控《ひか》えてくれ」

殿下は爽《さわ》やかにそう言った。

確実な拒絶《きょぜつ》に彼女は張りつけたような笑顔でスカートの裾《すそ》を摑み頭を下げた。

「それは大変でございますね。本当に失礼いたしました。では、そろそろ列車も来ますので失礼させていただきます。あ、そうそう。ノッガー先輩はホテルの経営が始めてなんですよね！　ノッガー先輩なら確実にホテルの立て直しをしてくださるって信じてますので、どうぞ頑張《がんば》ってくださいね！　応援《おうえん》してます～」

なんだか含《ふく》みのある言い方で応援をされ釈然《しゃくぜん》としないモヤモヤを抱《かか》えて去っていく背中を見つめていると、マイガーさんが殿下の肩《かた》に腕《うで》を回して引き寄せた。

「おい兄弟、まだ仕事残ってんのか？　兄ちゃんが手伝ってやろうか？」

「ふざけるな。仕事なんか持ってくるわけないだろ。ユリアスじゃあるまいし」

その言葉に、護衛を含めた全員が私に視線を移した。

「急ぎの案件は片づけました」

私の主張を信じる気配を誰《だれ》からも感じないのは解《げ》せない。

「急ぎの以外は持ってきてるのだろ？」

殿下の言葉にグッと息を呑《の》む。

私の反応に、全員が口には出さないが〝やっぱり〟と言いたそうな顔をする。

「俺のこの旅行のテーマはユリアスをゆっくり休ませるだな」

殿下の言葉に護衛二人が胸に手を当て、誓《ちか》うようなポーズを作る。

「「お手伝いいたします」」

護衛二人も殿下と仲良しすぎないだろうか？

「ほら、君の護衛にまで心配されているぞ。少しは何もしないでゆっくりしろ」

そう言われても、私のこの旅行のテーマはホテルの経営状況《じょうきょう》の確認《かくにん》である。

「おい、兄弟！　あんまり無茶なこと言うなよ。お嬢は何もしないでゆっくりなんてしたらストレスで倒《たお》れちゃうぞ！　ほどよくゆっくりすればいいんだよ！」

マイガーさんの言葉に護衛二人が何を言ってるんだと言いたげな顔をしたが、殿下だけはなんだか納得《なっとく》したように頷《うなず》いた。

「そうかもしれん。マグロが泳ぐのをやめると呼吸ができなくなるように、ユリアスから全ての仕事を取り上げたら倒れるかもしれない」

真面目な顔で変なことを言ってる自覚が殿下にはあるだろうか？

「仕事しなくても倒れたりしません」

私のことをなんだと思っているのだ。

だが、私の気持ちとは裏腹に、その場にいる全員が私の言葉など信じていない顔だ。

その時列車が到着《とうちゃく》して、皆《みな》私の話を聞かなかったかのように列車に乗り込み出した。

自分の信用のなさに悲しくなったのは言うまでもない。


列車の旅行は快適だった。

殿下が言っていたように、車両を一つ使った王族専用客車は会議もできてしまいそうな作りで仮眠《かみん》できるようなベッドや簡易のシャワールームまであった。

「うわ！　俺の部屋より広い」

マイガーさんの開口一番の感想はそれだった。

「マー坊も広い部屋に住みたいのかい？」

バネッテ様が穏《おだ》やかな顔で聞けば、マイガーさんはニッコリ笑った。

「うんにゃ。だって広すぎると落ち着かないし、すぐに婆《ばあ》ちゃん家《ち》で一緒に暮らすからイチャイチャするためにも狭《せま》い方がいい」

顔を真っ赤にするバネッテ様は可愛いが、目の前でイチャイチャされるのは本当にしんどい。

護衛の二人なんて、この車両に荷物を置くなり他の車両との境目近くで警備すると言ってさっさと出て行ってしまった。

あれは、間近でイチャイチャする二人を見たくなかったからではないかと疑っている。

殿下は備えつけのソファーに横向きに座り、マチルダさんの新刊の小説を読み始めている。

マチルダさんの新刊は予言書と私達が言っている『ドキドキ♡　貴族になっても頑張っちゃうもんね！』の続編で、王子様が悪役令嬢に恋《こい》をして振り向いてもらえるように頑張る『愛《いと》しのあの子は気づかない』の三巻目である。

殿下が読むには不釣《ふつ》り合《あ》いな庶民《しょみん》向け少女小説になんだか違和感《いわかん》が凄《すご》い。

私は仕事用の書類の入ったファイル片手に殿下の近くの椅子《いす》に座ろうとすると、殿下と目が合った。

「座るならどくぞ」

殿下が座り直すのを見て、殿下の横に座るとわざわざ待っていたように私の膝《ひざ》の上に頭を乗せた。

これは俗《ぞく》に言う膝枕《ひざまくら》というものだ。

「あ！　ルドずるい！　俺も婆ちゃんに膝枕してほしいのに」

「煩《うるさ》い。お前らの方がイチャイチャしてるんだから、これぐらい許せよ」

そう言いながら本を読み始める殿下。

私は膝枕を許可していないし、殿下の髪《かみ》の毛《け》を撫《な》でたい衝動《しょうどう》にかられるからやめてほしい。

「え～……じゃあ、俺らはベッド行く？」

マイガーさんの言葉に殿下は見ていた本を顔面に落とした。

見ればバネッテ様は瞬時《しゅんじ》に老人の姿に変身していた。

「馬鹿なこと言ってるんじゃないよ！」

「え～お昼寝《ひるね》するだけじゃん！」

不満そうに口を尖《とが》らせるマイガーさんも気になるが、顔面に本が直撃《ちょくげき》している殿下の痛そうなことも気になる。

「大丈夫《だいじょうぶ》ですか？」

心配するふりをしながら殿下の頭を撫でると、本をゆっくりずらし、困ったような顔で殿下は私を見上げた。

「嫌でしたか？」

「そうではないが……」

嫌ではないならいいかと撫で続ければ、殿下は顔に本を戻《もど》してしまった。

照れているのだと耳が赤いことで解《わか》る。

「ほら、ルド達だってイチャイチャしてるから大丈夫、ベッド行こ」

「マイガー、ふざけるな。お前はベッドルーム侵入《しんにゅう》禁止だ！」

殿下は本をどかすことなく叫《さけ》んだ。

「ちぇ～」

マイガーさんはあからさまに拗《す》ねてみせた。

バネッテ様は老人の姿のまま私達にハーブティーを淹《い》れてくれた。

「まあまあ落ち着きなよ。お茶でも飲んでさ」

マイガーさんは椅子に座るとバネッテ様からハーブティーを受け取り飲み干す。

「おかわりいるかい？」

「うん！」

マイガーさんは嬉しそうにバネッテ様に空のカップを差し出した。

あの二人の無邪気なやりとりは見ていると微笑《ほほえ》ましい。

それに、殿下の髪の毛もサラサラで触《さわ》り心地《ごこち》がいいし、列車の揺《ゆ》れも心地よく眠《ねむ》くなってしまう。

「婆ちゃんの水着姿楽しみだな～どんなの着るの？」

「さあ？　お嬢さんが選んでくれたものを着るよ」

マイガーさんは私の方を見た。

「どんな水着？」

私はファイルの中から水着のデザイン画を出してマイガーさんに渡《わた》した。

「全部を作って持ってきたわけではありませんけど、その中にあるもので作りました」

デザイン画を見るマイガーさんの顔色がどんどん悪くなっていく。

動いている乗り物に乗って本や書類に集中すると気持ちが悪くなりやすいと聞いたことがある。

そんなに食い入るように見なくてもいいんじゃないだろうか？

「お嬢、これ下着と何が違《ちが》うの？」

「素材です」

マイガーさんが頭を抱えるのと殿下が飛び起きたのは同時だった。

殿下はマイガーさんの前に散らばったデザイン画を見ると呟《つぶや》いた。

「却下《きやっか》だ」

私が首を傾《かし》げると、殿下は私にデザイン画を突《つ》きつけた。

「君のことだ、バネッテ様と一緒にこれを着るつもりだろ？」

「はい。勿論《もちろん》」

「駄目《だめ》だ」

前に下着のモデルの話が出た時も文句を言っていたが、水着にまで口出しされるようだ。

「ですが、布は濡《ぬ》れても透《す》けない分厚い素材ですし、南国の踊《おど》り子《こ》だって似たような格好をしていますわ」

「そ、そうだったとしても、露出《ろしゅつ》の高いものを他の男に見られたくない男心を解ってほしい」

前にも同じようなことを言われたが、水着なのだ。

水着は溺《おぼ》れないための配慮《はいりょ》だし、それに、男性だって海水パンツ一枚じゃないか！

「男性は上半身裸《はだか》で泳ぐのに女性は服を着ろとおっしゃるのですか？　溺れてしまったら元も子もないではありませんか？　それに、下手な服よりも透けない素材なんですのよ！」

濡れただけで透けてしまうシャツを着るより安全だと思う。

「ホテルにはプライベートビーチがあり宿泊者《しゅくはくしゃ》以外が入ってこられないみたいですわ。ポスター撮影《さつえい》はなしになっても、私とバネッテ様にも水着を着て海で遊ぶ権利があります！」

実を言うと、海で泳ぐ経験のなかった私はこの旅行をかなり楽しみにしていたのだ。

殿下はしばらく黙《だま》ると呟いた。

「プライベートビーチ」

押せばどうにか折れてくれそうな気配を感じ、私は言った。

「実は、私泳げないので殿下に教えていただけたら嬉しいです」

殿下はかなり驚いた顔をした。

「泳げないのか？」

「お恥《は》ずかしながら……なので、安全に泳ぎを教えてほしいのでお願いいたします」

殿下は腕を組んでウーウー唸《うな》って考えてから、絞《しぼ》り出《だ》すように呟いた。

「……わ、解った」

了承《りょうしょう》をもらったことで、私は殿下に勝った気がした。

「なんで折れちゃうんだよルド〜」

マイガーさんが不満そうに叫ぶと、殿下も不服そうに言葉を返した。

「泳げないのは危ないだろ？　ユリアスはなんでもそつなくこなしてしまうから、まさか泳げないなんて思いもよらなかった。それに、これから王族になるにあたっていつ何時泳がなくてはいけない状況が来るか解らないからな。理由が理由だ。水着は別にしてもユリアスを泳げるようにしなくては！　ユリアスが俺を頼《たよ》ってくれることも、滅多《めった》にないしな」

使命感を覗《のぞ》かせる殿下を見てマイガーさんはため息をついた。

「婆ちゃんは泳げるの？」

「泳いだことはないが、溺れることはないねぇ。何せ飛べるから。それにドラゴンの姿になれば、ある程度足がつくからねぇ」

マイガーさんがあからさまにガッカリして見えるのは何故《なぜ》だろうか？

「なんだい？　私が泳げない方がいいのかい？」

「そうじゃないけど！　俺だって婆ちゃんに何か教えられたらいいなって思っただけだし」

バネッテ様は慈愛《じあい》に満ちた顔でマイガーさんの頭を撫でた。

「そこは若いバージョンでギュってしてくれるとこじゃないの？」

バネッテ様は笑顔だったが、ドス黒いオーラを出しながらマイガーさんがハゲそうな勢いで頭を撫でていた。

「いだだだだだ。もっとやって」

ドMが喜んでいるから見ないようにした。

長いようで短かった楽しい列車の旅を終え、ホテルのある町に着くと私達は馬車を借りることにした。


「行き先は？」

御者《ぎょしゃ》のおじさんに聞かれホテルの名前を言うと、御者のおじさんはあからさまに眉間《みけん》にシワを寄せた。

「え〜と、お嬢さん達はホテル・チャロアイトに行きたいって……」

私は御者のおじさんの反応に首を傾げた。

「何かあるのですか？」

私は不安を顔に出さないように聞いた。

「いや〜そのホテルはこの辺でも有名な……」

御者のおじさんは哀《あわ》れむような顔を無理やり笑顔に変えたように見えた。

「きっと楽しい旅行になるさ」

この御者のおじさんは、楽しい旅行になると思っていない。

何故か肌身《はだみ》で感じる可哀想《かわいそう》な者を見るような目。

幼い頃《ころ》、こんな目をされたことがある。

何処《どこ》でだったかは、直《す》ぐに思い出すことができた。

元婚約《こんやく》者のラモール様に無理やり〝お化け屋敷《やしき》〟に連れて行かれた時、当時ラモール様の執事をしていた人がこんな顔をしていた。

哀れむような笑顔は、私にとって慰《なぐさ》めにもならなかった。

完璧《かんぺき》なトラウマである。

作り物だと解っていても抗《あらが》いようのない恐怖《きょうふ》に、私はその後オカルト関連が凄く苦手になってしまった。

あの時の執事とまるっきり同じような目に、言い知れぬ不安が私の中に渦巻《うずま》いたのだった。

今、俺の腕《うで》に腕を絡《から》め思案顔の人物は、俺の婚約者《こんやく》である。

馬車に乗る前から今に至るまで何か気になることがあるのか心ここに在らずといった状態で、何故《なぜ》か俺の腕にしがみついて離《はな》れなくなってしまった。

いつも凛《りん》としたたたずまいで向かってくるものを容赦《ようしゃ》なく捕《つか》まえてやろうとする精神の彼女が、いまだかつてないほどソワソワしながら、俺にしがみついている。

軽く頭を撫《な》でてやれば、不安そうな顔を少しだけ笑顔《えがお》に変えてくれる様は、俺が何をしてでも守ろうと誓《ちか》える可愛《かわい》さ。

俺が笑顔を向けると、キュッと腕を掴《つか》む手の力を強めるユリアスが滅茶苦茶《めちゃくちゃ》可愛い。

「お嬢《じょう》、何をそんなに不安そうにしてんの？」

マイガーが笑顔で首を傾《かし》げると、ユリアスは眉間《みけん》にシワを寄せた。

「先ほどの御者《ぎょしゃ》の方の反応、私が買ったホテルに何か問題があると言っているように感じませんでしたか？」

ユリアスの不安そうな主張を聞いてもマイガーは平然としているし、バネッテ様も穏やかに笑っている。

「問題って?」

「具体的には解りませんが……」

ユリアスは目を瞑ってさらに強く俺の腕を掴む。

ユリアスの中にはすでに問題がどんなものなのかが浮かんでいるのではないか?

しかも、ユリアスの苦手なものが原因なのではないか?

ホテルで問題といえば、虫やネズミなどの害虫や害獣とかだろうか?

勝手にユリアスには苦手なものなんて存在しないと思っていたから凄く新鮮だ。

馬車を降り、着いたホテルは貴族向けとは言いきれないこぢんまりとしたホテルだった。

写真を見た時も大きなホテルではないと解っていたが、予想よりも小さく感じる。

部屋数があまり多くはないことがパッと見で解る。

外観は薄汚れたというか寂れた雰囲気だ。

俺の腕を掴むユリアスの手を撫でてホテルへ向かうと、入り口の前に人が二人立っているのが解る。

そんな二人を見て、ユリアスがビクッと肩を跳ねさせた。

「いらっしゃいませ新オーナー様」

二人は綺麗《きれい》にシンクロして頭を下げた。

それが不気味に感じたのか、ユリアスは俺の背後に回り込み背中に額を押しつけてくる。

「どうかなさいましたか？」

二人のうちの一人、執事《しつじ》服を着た男性が心配そうにこちらを見ている。

顔色は青白く、疲《つか》れ切《き》ったような顔には濃い隈《くま》ができている。

メイド服の女性の方は長い赤茶色の髪《かみ》を清潔感のある二つの三つ編みにしているのが印象的で、あまり似合っていない大きな丸眼鏡をかけている。

残念なのは、メイド服のデザインが古めかしく、数十年前にタイムスリップしてしまったかのような錯覚《さっかく》に襲《おそ》われそうである。

「あ～……気にしないでくれ」

俺の言葉に男性は笑顔を作った。

「自分の名前はモーリスと申します。こちらは妹のハンナでございます。今、従業員は自分達しかいませんが最高のおもてなしをさせていただきます」

深々と頭を下げるモーリスを俺の後ろから見ていたユリアスは、おずおずと顔を出して俺の腕を掴み直した。

「す、すみません。この度《たび》ここのオーナーをさせていただくことになりました、ノッガー伯爵《はくしゃく》家長女ユリアスと申します」

「これはご丁寧《ていねい》に」

ユリアスはいつもの調子を取《と》り戻《もど》したのか、一歩前に出た。

いまだに俺の腕を摑んだままだが。

「まず、このホテルの経済情報が欲《ほ》しいので帳簿《ちょうぼ》を持ってきていただけますか？」

ユリアスの言葉を聞いたモーリスは急いでホテル内に入っていき、残されたハンナが拙《つたな》い動きで俺達をホテルのラウンジに案内した。

「ハンナさん、よろしくお願いします」

ユリアスが笑いかけると、ハンナは勢いよく頭を下げて転んだ。

「す、す、す、す、すみません」

「慌《あわ》てなくて大丈夫《だいじょうぶ》ですわ」

ハンナは案内する途中《とちゅう》も絨毯《じゅうたん》に足を取られ、転ぶというドジな一面を披露《ひろう》していた。

ラウンジに着くと、マイガーとバネッテ様は外を散歩してくると出て行き、護衛の二人も警備のためにホテル内を調べに行った。

直《す》ぐにモーリスが帳簿を持ってやってきて、ハンナがお茶を淹《い》れてくれた。

ユリアスが帳簿を確認《かくにん》している間にお茶を口に運ぶと、なんとも爽《さわ》やかな香りがする旨《うま》いお茶だと思った。

「あの、五年前から客足がガクンと落ちていますが理由は解りますか？」

ユリアスが険しい顔で聞くと、二人は俯《うつむ》いてしまった。

「何かあるなら隠《かく》さずに早めに言ってください。私はこのホテルを立て直したいと思っているのですから」


ユリアスの言葉に二人は感動したように顔を上げた。

「今までのオーナー様達はこちらに全て丸投げだったので、自分達でも何をしたらいいかもう解らなくて」

モーリスは目頭《めがしら》を押さえた。

「で、五年前に何があったのですか？」

ユリアスが優《やさ》しく聞くと、モーリスはなんだか言いづらそうにポツリと言った。

「五年前……うちの両親が亡《な》くなり、オーナーが変わりました」

言いづらかったのは、自分の両親が亡くなったからかと俺が納得《なっとく》する横で、ユリアスの顔色が悪くなったように見えた。

「ご両親は何故お亡くなりに？」

ユリアスが聞けば、モーリスは苦笑いを浮かべた。

「当時は忙《いそが》しくて休みがほとんど取れず父は過労で、母は病気に気づかずある日突然《とつぜん》血を吐《は》いて……」

なんとも辛《つら》い話だ。

ユリアスも眉間にシワを寄せている。

「休みが取れず過労！　許せませんわ！」

ユリアスがそう言って怒《おこ》ると、部屋の中でパシッと音がした。

古い建物特有の家鳴りというやつかと思った瞬間《しゅんかん》、ユリアスが俺の腕にしがみついた。

モーリスとハンナが音がした方に視線をうつす。

「今のは家鳴りだよな？　こういったことは多いのか？」

俺が聞けば、モーリスが慌てて頷《うなず》いた。

「そうですね！　古い建物ですから」

そう言っているモーリスの後ろで、ハンナが先ほど音のした方に移動しようとして転んだ。

転んだ方を見れば、花瓶《かびん》が浮いている。

なんだあれ？

俺が首を傾げるのと、ユリアスが声というより音のような、言葉で表すならピィエッといったような悲鳴を上げた。

花瓶はふわふわと部屋を出て行き、しばらくすると綺麗に花を飾《かざ》った状態で戻ってきた。

元あった場所に花瓶が落ち着くと、ユリアスは俺の腕に頭をグリグリと押しつけてきた。

少し痛いのでやめてほしい。

モーリスはゆっくりと頭を抱《かか》えた。

「なんだか嫌《いや》な予感がしていたのです」

ユリアスから泣きそうな声が漏《も》れた。

「騙《だま》されました。あろうことか、幽霊屋敷《ゆうれいやしき》を掴まされるなんて……」

ユリアスはプルプル震《ふる》えている。

「ユリアス、まさか幽霊が怖《こわ》いのか？」

「殿下《でんか》は怖くないのですか？」

幽霊なんて、ドラゴンより怖くないだろ？

加えて言うなら、マイガーの血筋のバンシーなんて主人の死を予言する不吉《ふきつ》な妖精《ようせい》と呼ばれるのだから、幽霊より怖いんじゃないのか？

俺が首を傾げると、ユリアスは信じられないと言いたげな顔をした。

「あ、あの」

そこで手を上げたのはモーリスの妹のハンナだった。

「お父さんとお母さんはただ働いているだけなのです」

ハンナはチラチラと部屋の隅《すみ》を見ながら続けた。

「生きていた時と同じようにベッドメイキングをしたり掃除《そうじ》をしたり、物が倒《たお》れたりするのは私が片づけ忘れた掃除用具が使いっぱなしになっていたからで……生きている人と変わりないんです。二人とも突然死んじゃって、私達がちゃんと仕事をできるか心配で成《じょう》仏《ぶつ》できてないだけなんです！」

ハンナからすればご両親の幽霊だ。

両親を悪く言われたくないのだろう。

「ハンナさん。貴女《あなた》、何を言っているか解っているのですか？」

まるで幽霊のように真っ白な顔色でプルプル震えながら俺にしがみついていたユリアスが、簡単に俺から離れるとハンナの肩をガシッと摑んだ。

「生きている人と同じ？　ご両親の幽霊は働いているだけ？」

なんとも迫力《はくりょく》のあるユリアスにハンナは泣きそうな顔だ。

「それは、不当な労働環境《かんきょう》で賃金も払《はら》われず働かされている者がいるとおっしゃっているのかしら？」

？　？　？

ユリアスの言いたいことが解らず首を傾げるモーリスとハンナ。

「そんなの労働基準《ろうどうきじゅん》監督組合《かんとくくみあい》が許すはずがありません。働いている者がいるなら給金と休暇《きゅうか》が必要ですわよね？　過労死などされたら人財の無駄遣《むだづか》いではありませんか！」

ポカンとする二人を無視して、ユリアスはメモ用紙に計算式を書き始めた。

「一日が二十四時間……五年分の日数……このホテルの時給……二人分」

俺は状況《じょうきょう》を上手《うま》く理解することができぬまま、ユリアスに尋《たず》ねた。

「ユリアス、もしかして……幽霊にも給料を払うつもりなのか？」

「はあ？　殿下は五年もタダ働きしたあげく幽霊だから休暇も給料もいらないだろうなどと言われて『はい、そうですか』と納得できるのですか？　鬼《おに》か悪魔《あくま》なんですか？」

さっきまで幽霊を怖がっていた人間とは思えない言い分である。

「いや、幽霊では金の使い道がないんじゃないかと思っただけで……」

ユリアスは少し考えてからモーリスとハンナを見た。

「ご両親のお給料は貴方方《あなたがた》に支払《しはら》う方がいいのでしょうか？　それとも別の形のものを準備した方がよろしいかしら？　例えばお墓を豪華《ごうか》にするとか、神官様に祈《いの》りをささげてもらうとか？」

「神官に祈りをささげられたら天に召《め》されてしまうんじゃないか？」

俺がそう言えば、ユリアスは真剣《しんけん》に悩《なや》み出した。

「あの、うちの両親はいるかも解らない不確かな存在になってしまったと、もしかしたらハンナがただ両親を忘れられずに言っているだけかもしれない話なのに何故給料の話に？」

モーリスが慌てる中、ユリアスはビシッと指を突《つ》きつけた。

「私はこのホテルのオーナーで貴方方兄妹《きょうだい》はこのホテルの従業員で、貴方方のご両親は死んでからもなお働いている。そういった話でしたわよね？」

「は、はい」

「私、従業員が不当な労働環境に置かれている状況が死ぬほど嫌《きら》いなんですの！　働いたらお給料が出て心身ともに壊《こわ》さないために休暇が必要なのは当たり前ではありませんか？　死んだんだから働いていてもお給料も休みもないなんて……許されることではありませんし」

言ってることが正しいのかはよく解らないが、働く人間のことで考えればまともなことを言っている。

「ユリアス、君は幽霊が怖かったんじゃないのか？」

さっきまでの怯《おび》えて俺に頼《たよ》りきった可愛いユリアスはもういない。

「幽霊は不確かで突然現れ、こちらを驚《おどろ》かせて恐怖《きょうふ》させるだけの存在だと思ってこれまで生きてきましたが、幽霊も働けると初めて知りました。言われてみれば幽霊は元々生きていた人間。人間には等しく働く権利がありますわよね？」

ユリアスは拳《こぶし》を握《にぎ》りしめて強く主張した。

「私はこのホテルのオーナーですから！　全ての従業員を幸せな労働環境に導く義務があると思うんですの！」

怯えるユリアスも可愛かったが、楽しそうに笑いながら従業員の幸せを語るユリアスの方が見ていて安心してしまう。

「働いてもらうからには、お給料と休暇をお約束させていただきますが……私には意思の疎通《そつう》ができないのですわよね」

すると、部屋にパチンパチンと音が響《ひび》き壁《かべ》に血文字が現れた。

『新オーナーよろしくお願いいたします』

その文字を見た瞬間、ユリアスはキャーっと悲鳴を上げた。

流石《さすが》にこれは怖かったのだと思った瞬間、ユリアスは壁を指差して叫《さけ》んだ。

「血文字なんて壁に書いて消せなくなったらどうするのです！　メモ用紙があるのだからこちらに書いてください！」

プンプンと怒るユリアスに幽霊の方が驚いたのか、壁の血文字はどんどん消えていき、ユリアスの差し出したメモに『本当に申し訳ございません』と血文字が現れた。

ユリアスは満足そうに頷いていたが、そうじゃない感じが凄くする。

しかも、ユリアスが悲鳴を上げたせいで、マイガーがバネッテ様を小脇《こわき》に抱えてやってきたし、護衛の二人も殺気を放ちながら駆《か》けつけた。

完璧《かんぺき》なカオス。

「ユリアスは無事だから、大丈夫だぞ」

「だって、お嬢の悲鳴なんて初めて聞いたよ！　何、何があったの？」

マイガーの慌てた顔に思わず笑ってしまいそうになる。

「「まさか殿下に何かされたのですか？　殺しますか？」」

何故、俺が何かした前提なのか問いただしたいところだが、ユリアスを心配してのことだから護衛二人の発言は大目に見てやる。

「ご、ごめんなさい。怒《いか》りで思わず叫んでしまったけどなんにもないですから」

ユリアスの言葉に護衛二人が腰《こし》に差していた剣《けん》を抜《ぬ》いた。

「怒らせたのも俺じゃないからな」

明らかに疑いの眼差《まなざ》しで俺を見るのはやめてほしい。

マイガーはバネッテ様をゆっくりと下ろしながら言った。

「えっ、ああ、意思の疎通？　俺通訳しようか？」

壁を見ながら話すマイガーは完璧に見えているようだ。

「ハンナちゃん？　あ、そうなんだ」

マイガーはニコニコしながらハンナの前に立った。

「ハンナちゃんはパパさんとママさんが見えてるんだね」

ハンナは肩をビクッとさせてアワアワし出す。

「そうなのかハンナ？」

心配そうなモーリスを泣きそうな顔で見つめるハンナ。

「お父さんもお母さんも見えるなんて言ったら、兄さん私が頭おかしくなっちゃったって思うと思って言えなかったの」

「この馬鹿、こんなんでも自分はお前の兄ちゃんなんだぞ！　お前がそんな大変なことを抱えていたなんて、気づけなくてごめんな」

泣き出すハンナをモーリスが抱《だ》きしめた。

そんな二人をバネッテ様もうるうるした目で見ているし、護衛のバリガもハンカチで目頭を押さえている。

そんな涙《なみだ》なしでは語れない雰囲気の中、ユリアスはニヤニヤとその光景を見ていた。

あれは、企《たくら》んでいる顔だ。

「ユリアス、悪い顔になってるぞ」

「私の心を読まないでください」

読んでいるわけではないのだが……。

「さあ、モーリスさんお金の話をしましょうか？」

ハンナを抱きしめていたモーリスがユリアスを見た瞬間ビクッと肩を跳ねさせた。

誰《だれ》にでも解る企んだ顔をしていると気づいているのだろうか？

「マイガーさん、近くを散策してみてどうでしたか？」

まず最初にマイガーに話しかけ、マイガーはスッと手を上げた。

「え～と、庭が広いのとプライベートビーチも近くて海も綺麗でした。立地がとにかくいいよ。自然豊かで海《うみ》の幸《さち》も山の幸も両方とれそうだしホテルから港も駅も両方見える。港があるからバハル船長の船での輸送もできるね」

するとバネッテ様がマイガーを真似《まね》して手を上げた。

「庭の手入れが行き届いているとは言えないねぇ。だけど、この一帯はドラゴンが住処《すみか》にしたくなるような地形に、全てのものに力を与《あた》えると言われる龍脈《りゅうみゃく》があるよ。だからなのか、このホテルにいると心地《ここち》いいねぇ」

ユリアスはメモをとりながら呟《つぶや》いた。

「ドラゴンも安らげるホテルをコンセプトにしてもいいですわね」

ユリアスとバネッテ様が共鳴するようにフフフと笑い合っている後ろで、モーリスとハンナが青い顔をして震えていた。

「す、すみません新オーナー。実は、うちのホテルこの辺では有名な幽霊ホテルと呼ばれています。黙《だま》っていて申し訳ございません」

頭を下げるモーリスを見て、ユリアスはそんなことだろうと思った。

「コンセプトが決まっても、幽霊の出るホテルってことには変わりがないだろう。どうするつもりだ？」

俺がため息まじりに言った言葉に、ユリアスは首を傾げた。

「ですので。幽霊の出るホテルとして経営をするのですわ」

周りがキョトンとする中、ユリアスはニッコリと笑った。

「幽霊に会いたい人必見、幽霊が現れるホテル！　あまり怖いことに遭《あ》いたくない人には幽霊が絶対に出ない部屋をご用意いたします！　イベントには怖い話の講演会。ホテルオリジナル魔除《まよ》けのお札に幽霊グッズ販売《はんばい》。極《きわ》めつきは絶対に霊《れい》体験のできる部屋。幽霊との記念撮影《さつえい》なんていうのも！　繁盛《はんじょう》すること間違《まちが》いなしですわ！　アハ、アハハハ」

久しぶりに高笑いをしているユリアスを見たが、本当に悪役にしか見えない。

「ユリアス、モーリスとハンナが泣きそうな顔をしているぞ！　帰ってこ～い」

俺の声など耳に入っていないのか、それからしばらくユリアスは高笑いを続けた。

楽しそうならいいか、と諦《あきら》めたのは仕方がないことだと思う。

ホテル再建は欲望とともに

まず最初に取りかかったのはモーリスさんとハンナさんにどんなホテルにしたいかの確《かく》認《にん》と先の経営方針だ。

「自分達も、色々と考えてきたのですが、今までのオーナー達はどんなホテルにしたいかなどは聞いてくれず、ただ漠然《ばくぜん》と働くことしかできませんでした」

モーリスさんはため息まじりにそう言うし、ハンナさんは困り顔だ。

「経営方針とはどんなことを言えばいいのかすらよく解《わか》りません」

どれだけ今までのオーナー達はブラック企業《きぎょう》だったのか垣間見《かいまみ》える。

「例えば〝お客様は貴族メインにしたい〟とか〝庶民《しょみん》のご褒美《ほうび》旅行のようなホテルにしたい〟とか〝建物を改築増築はしたくない〟などを最初に聞かせてくださいませ」

解りやすく例を挙げて話せば、二人は顔を見合わせて考えてくれた。

「お客様をこちらが選ぶのは失礼だと思いますが、今までのお客様の傾向《けいこう》から見れば中級貴族様より下の貴族様が気軽に泊《と》まりに来たり、庶民の方々にとってはご褒美旅行として活用していただくことがメインになると思います。我がホテルは三階建て十部屋の小さなホテルですので、大勢のお客様は無理ですから」

モーリスさんのイメージと私のイメージは一緒《いっしょ》だと今の言葉で理解できた。

「改築増築などはあまり考えていません」

モーリスさんは困り顔で言い切った。

「ご両親の思い出があるからかしら？」

メインで働いてくれるモーリスさんとハンナさんが不快に感じるなら、改築増築は考えるべきではない。

「両親の思い出もありますが、お金がないっていうのがでかいです。父が生きている時に温泉を引く話が出たことがあります。ですが、出るかも解らない温泉に費《つい》やす時間もお金もありません」

「温泉を引けるなら、引いてもよい。ということでしょうか？」

私が聞けば、モーリスさんは慌《あわ》てて昔、見積もりを出してもらったという書類を持ってきてくれた。

地下を掘《ほ》って洞窟《どうくつ》温泉を作りたかったようで、何処《どこ》に地下へ繋《つな》がる道を作るかや温泉のイメージを絵にして解りやすく描《えが》かれている。

そして、予算の金額を見て、私は思わず唸《うな》った。

理想を詰《つ》め込んだ絵を全て実現して、さらに出るかも解らない温泉を掘るのだ。

馬鹿みたいな高額を請求《せいきゅう》されるのは当たり前だ。

「私の知り合いの大工さんに頼《たの》んで予算を削《けず》りに削っても大して値段は変わらないと思います。ただ、人知を超《こ》えた例外がないわけではないので、前向きに考えたいと私は思っています。ですが、貴方《あなた》はこの温泉施設《しせつ》を作ることに反対はないのですね」

決意は確かなのかと聞けば、モーリスさんもハンナさんも何故《なぜ》か瞳《ひとみ》をウルウルさせながら頷《うなず》いた。

「実は、温泉の案は家族で話し合って実現しなかったものなので、叶《かな》うなら……」

感極《かんきわ》まったようにモーリスさんの瞳から涙《なみだ》が溢《あふ》れて落ちた。

そんなに喜んでもらえるのであれば、どんな力を使ってでも温泉を作ると決めた。

「とにかく、改装工事をするのですからしばらくホテルは臨時休業ですわね」

モーリスさんは心得たとばかりにホテルの入り口に臨時休業の張り紙を貼《は》った。

「予約もありませんから、貼り紙だけで大丈夫《だいじょうぶ》のはずです」

モーリスさんは心なしか、寂《さび》しそうに笑った。

そんな温泉施設を作るにあたり、私はバネッテ様の力を貸してもらおうと考えた。

王城の源泉かけ流しの温泉は、バネッテ様の父親であるハイス様が火炎竜《かえんりゅう》の力をフル活用して作ったと前に聞いていたため、ハイス様を呼んでもらえないかと頼んでみたのだ。

「パパに頼まなくても、私が作ってあげるよ。私もここが気に入ったからねぇ。気にしなくていいよ」

バネッテ様が快く応じてくれたので、私は次の段階にうつることにした。

次はと言えば、二人にバネッテ様の説明をすること。

殿下《でんか》には悪いのだが、その役目は殿下に任せることにした。

まあ、殿下がこの国の王子殿下だと説明した時点で、二人は気絶してしまったので、目が覚めたらバネッテ様のことを話してもらうつもりだ。

次に、過去の見積もり書類を片手に地下に行き、温泉が引けるのかをバネッテ様に検証してもらうことにした。

地下室にはワインセラーと物置があり、あまり広い空間ではなかった。

「なあに、私に任せときな！」

バネッテ様はそう言うと、若草色の瞳を金色に変えた。

そして、私の持っている見積もり書類に付属の地下へ続く廊下《ろうか》を作ろうとしていた場所の床《ゆか》を破壊《はかい》した。

た。

「バネッテ様、床……」

唖然《あぜん》とする私をよそに鼻歌まじりに割れた床板《ゆかいた》を剝《は》がし土が出てきたところに手を触《ふ》れた。

すると、ポンッと音を立てて双葉《ふたば》が一つ顔を出した。

「さあ、私の可愛《かわい》い新芽ちゃん。地下に繋がるアーチを作っておくれ」

バネッテ様の声とともにその可愛かった双葉が急激に成長し、枝が分かれて緩《ゆる》やかに地下に向かって空洞《くうどう》を作っていく。

「暗いねぇ」

実際問題どこまで空洞が続いているのか解らないぐらい暗い。

そこにマイガーさんがランタンを手に持って来てくれた。

「お嬢《じょう》さん、照明代わりにヒカリゴケとかヒカリタケなんかを生やすかい？」

「それも幻想《げんそう》的になるかもしれませんわね」

「暗くて危ないから俺が先に歩くね。二人はちゃんとついてきてよ！」

マイガーさんがランタンで足元を照らしながら進むと、十メートルほど歩いた先が洞窟のようにひらけていた。

「結構いいねぇ。ここに温泉を引こうか？」

バネッテ様は楽しそうにその空間の地面や壁《かべ》を触《さわ》っている。

「さあ、種をまいたよ」

その言葉とともに、壁や地面から木が生え壁や地面を覆《おお》い、広い部屋が出来上がる。

こんなことができるなんて、一瞬《いっしゅん》で家を建てられるんじゃないかと思うと夢が広がる。

「お嬢さんは温泉をどんなふうにしたいんだい？」

私は空中を見つめて考えながら言った。

「まず、男女別は当たり前なので絶対に登れない壁を真ん中にして、開放感が欲《ほ》しいので天井《てんじょう》は繋がっていた方がいいですわね」

バネッテ様は私が言った通りに壁を作った。

「両方に大きな湯船を作り、他に花やハーブを浮《う》かべたりできるような二、三人用の浴槽《よくそう》が欲しいです」

「あいよ」

バネッテ様が指をパチンと鳴らすと、大木をくり抜《ぬ》いたような大きな浴槽と小さめの浴槽が現れた。

「バネッテ様、凄《すご》すぎますわ」

「長年グリーンドラゴンなんて生き物やってるからね！　こんなの楽勝さ」

その後も洗い場や地熱を使ったサウナなんてものも作ってもらいドラゴンの偉大《いだい》さを実感した。

しかも、植物の根から汲《く》み上《あ》げる形でかけ流しのお湯を引くことができるのだと言う。植物って本当に素晴《すば》らしい。

「天井にヒカリゴケを生やしたら、星空みたいで綺麗《きれい》かもね」

マイガーさんの呟《つぶや》きに、バネッテ様も賛同して天井はヒカリゴケを生やしてもらった。

ランタンをいくつか配置すればなんとも幻想的な温泉の完成だ。

「リラックス空間ですわ」

私は感動していた。

そこにパチンパチンと音が響《ひび》いた。

「あれ？　ジョゼフさんにリアーナさん」

マイガーさんとバネッテ様が木でできたアーチ型の通路の方を見ている。

私も目を凝《こ》らして見ていると白い影《かげ》が揺《ゆ》れた気がした。

湯気かもしれない。

「ね！　凄いよね！　俺も早く入りたいよ～」

マイガーさんが話しかけている空間には、やはり白いモヤが揺れている。

これが幽霊《ゆうれい》なのかもしれない。

「お嬢、ジョゼフさんとリアーナさんが凄いって！」

「それはよかったですわ……それより、ジョゼフさんとリアーナさんというのがモーリス

さん達のご両親ということで間違《まちが》いありませんね？」

当たり前のように名前を言われても誰《だれ》だか解らないのが、意思の疎通《そつう》ができていない証拠《しょうこ》のようでなんだか寂しい。

「そうそう。二人とも感動して泣きそうな顔してるよ。夢みたいだって」

マイガーさんが優《やさ》しく笑うから、喜んでいる顔は見えないが、温かな気持ちになった。

「では、ジョゼフさんとリアーナさんに話しておきたいことがあります」

私は生きている人間相手と同じように、ゆらゆら揺れる白いモヤに向かって言った。

「お二人はこのホテルの顔。マスコット的な存在になっていただきます」

私は二人に言い聞かせるように続けた。

「確実に心霊《しんれい》体験のできる部屋を希望される方には多少のイタズラをしていただいたり、絶対に幽霊の出ない部屋というものを希望される方には一切《いっさい》関わらないでほしいのです。この線引きがきちんとできれば、このホテルは大盛況《だいせいきょう》間違いなしですわ」

私はチラッとマイガーさんを見た。

「ちゃんと解ってくれたみたいで頷いてるよ」

マイガーさんがちゃんと通訳をしてくれて助かる。

「私はとっても幸せな経営者ですわ。何せ、幽霊を従業員に迎え入れることのできる経営者なんて今までいませんでしたから」

そして私はあることを思い出した。

「そうでした！　お給料をどうしましょうか？　モーリスさん達の給料に上乗せしますか？　それとも、他にしてほしいことなどがあるのでしょうか？」

マイガーさんは真剣《しんけん》に二人の話を聞いているようだ。

「お嬢は不確かな雇用契約《こようけいやく》は嫌《きら》いでね、給料いらないは許さないと思うよ」

マイガーさんは困ったように私を見た。

「二人はこのホテルに住むための家賃を仕事で払《はら》ってると思ってほしいらしいよ」

家賃という考え方はしていなかった。

「家賃を引いたとしてもまだ未払《みばら》いのお給料がありますわ」

従業員が幸せな気持ちで働かなければいい職場とは言えない。

快適な職場というのが、私が経営者として持っている信念である。

「お金は使い道がないって、モーリスさん達もあまりお金使わないんだって。自給自足してるって……裏庭に畑？」

詳《くわ》しく聞けば、モーリスさん達はホテルの経営が上手《うま》くいかなくなってから、ホテルの裏の林を抜けた先に畑を作って自給自足をしていたらしい。

できた野菜とお肉などを物々交換《ぶつぶつこうかん》してもらったりと町の人達によくしてもらっていたようだ。

「それは、ジョゼフさんやリアーナさんの人柄《ひとがら》がよかったからでしょうね」

でなかったら、すでにこのホテルは廃墟《はいきょ》になっていたかもしれない。

「二人共照れてるよ」

マイガーさんは微笑《ほほえ》ましげだ。

それにしても、お給料が払えない従業員なんてどうしたらいいのか？

「町の？　うん。いいかも。あのね、お嬢。この町の施設に寄付したいんだって」

予想すらしていなかった言葉に私は驚《おどろ》いた。

「この町は漁師が多くて、船の事故で親を亡《な》くした子ども達が結構いるんだって。二人が亡くなった時も神父様が気にかけてくれてたみたいで恩があるって言ってるよ」

ああ、うちの従業員の素晴らしさに感動してしまう。

「解りました。なんて素敵《すてき》な使い方でしょう！　ノッガー伯爵《はくしゃく》家が全面的にバックアップして差し上げますわね」

この精神に報《むく》いるために頑張《がんば》ってホテルを盛り上げようと決めたのだった。


地下の温泉施設が完成したのでラウンジに戻《もど》ると、ちょうど殿下がバネッテ様がドラゴンだということをモーリスさん達に話し終えたところだった。

「どうだった？」

「幻想的な温泉になりましたわ」

殿下は満足そうに頷き、ハンナさんが淹《い》れてくれたお茶を口にした。

「せっかくだから町も見ておきたいのですが、殿下はどうしますか？」

「一緒に行こう」

殿下と町に行く話をしていると、マイガーさんとバネッテ様は海で遊んでくると言って先に出かけてしまった。

二人の時間を邪魔《じゃま》するわけにはいかないため、私と殿下は二人で出かけることにした。

ホテルに近い町は避暑地《ひしょち》だからなのか、貴族向けの店も多く、どの店も賑《にぎ》わっているように見える。

殿下と並んで歩く。

「ユリアス？　どうした？」

こうして殿下と二人きりになることが、最近めっきり少なくなってしまったせいで、なんだか感慨深いと思って黙《だま》っていたら心配されてしまったようだ。

「いいえ。久しぶりのデートだと考えていただけですわ」

「そうだな」

私は殿下の手を握《にぎ》った。

「あのアクセサリーのお店を見ませんか？」

小首を傾《かし》げて言えば、殿下は口元に拳《こぶし》を当てゲフンと咳払《せきばら》いを一つした。

「君の行きたい店に行こう」

「ルド様、私をあまり甘やかしすぎるとつけ上がってしまいますわよ」

警告のつもりで言ったのに、殿下は優しい顔で微笑んだ。

「君に甘えられることは嫌いじゃない。学生じゃなくなったせいで、これから気軽にデートすることも減ると思うからな。好きなだけ甘えていいぞ」

面と向かって甘えていいと言われると気が引けてしまう。

それに、私ばかりがドキドキさせられていて、なんだか負けた気がする。

期待するような目で私を見つめる殿下に、私は仕方なく繋いでいた手を離《はな》して腕《うで》にしがみついた。

「甘えていいとおっしゃいましたよね」

「……ああ」

少し顔を赤らめて殿下が大袈裟《おおげさ》に咳払いをしたのを微笑ましく見つめながらアクセサリーショップに入ると、そこにはアイーノ伯爵令嬢《れいじょう》がいた。

「わ～！　王子様にノッガー先輩《せんぱい》！　またお会いしましたね！　お買い物ですか？」

「ええ」

「何を買いに来たんですか？」

彼女は興味津々《きょうみしんしん》に近づいてきた。

「あっ、その前にだな。アイーノ嬢はあのホテルがこの町で幽霊が出ることで有名なホテルだと知っていたのか？」

近づく彼女に私より先に話しかけた殿下の表情は真顔で、喜怒哀楽《きどあいらく》のどの感情なのかすら読み取れない。

「ええ！　あの噂《うわさ》って本当だったんですか？　聞いたことはありましたけど、ただの噂だと思ってましたし、ノッガー先輩なら幽霊なんて不確かなものの噂なんて信じず経営してくださるって思っていましたが、やっぱり無理でしたか～」

彼女は人差し指で唇《くちびる》を触るような仕草をした。

「あの～、それってやっぱり、ノッガー先輩でもあのホテルの経営は無理だってことでしょうか？　経営者として百戦錬磨《ひゃくせんれんま》のノッガー伯爵家が唯一《ゆいいつ》経営することを放棄《ほうき》して手放したホテルだなんて言われたらあのホテルは継続《けいぞく》できなくなってしまいます～。ですので、うちで買い取ることになっても、お売りした金額のままでは買い取ることができませんがいいですか？　だって、どこも幽霊ホテルはいりませんから！　半額なら買いますけど

「……どうします？」

癖《くせ》なのか、唇に人差し指を当てながら、何かを悩《なや》む仕草をしていたかと思うと、思い出したかのように、彼女は口を開いた。

「あ！　それに本当にホテルに幽霊が出るのであれば、王子様をそんなところに滞在《たいざい》させるわけにはいきませんよね！　アイーノ家が経営している高級ホテルがこの直《す》ぐ先にあるんですよ！　王子様がお越《こ》しくださるなら最高のおもてなしをさせていただきます！」

話の流れから推測するに、私がホテルを手放す気だと信じて疑いもしていない上に、殿下を心配していると言って殿下の印象をよくすることが狙《ねら》いだったのだと理解した。

「アイーノ嬢、私はあのホテルを手放すつもりはありません。ご心配をおかけしてごめんなさい。ルド様がそんな言い方をするから誤解されてしまったではありませんか！」

「……すまない」

私の言葉を聞いた彼女の眉間《みけん》にシワが寄った。

「ですが、幽霊が出るのですよね？」

「ええ。幽霊が出ますわね」

彼女は少し混乱したように首を傾げた。

「ではなぜ手放さないのですか？」

「必要がないからですわ」

私はニッコリと笑ってみせた。

「だって、あのホテルは、私がオーナーになったことにより、生まれ変わろうとしているのですから」

わざわざ温泉施設を作ったり再建の糸口を生み出した後に売りに出すなんてことするわけがない。

あのホテルはすでに、金の卵を産む鶏《にわとり》に成長途中《とちゅう》なのである。

「そ、そうなんですか？　でもこの辺ではあのホテルに幽霊が出るって有名ですよ。誰だって幽霊は怖《こわ》いじゃないですか！　誰も泊まりたいなんて思わないんじゃないですか？　そんなホテルを本当に生まれ変わらせることができるんですか？」

私はアクセサリーショップの店員をチラッと見た。

三十代中頃の年齢《ねんれい》だと推測される女性店員だ。

「ホテルに出る幽霊は別に怖いものではありませんわ。だって、元々働いていた従業員の幽霊ですし、ホテルに害を及《およ》ぼさなければ悪さなんて絶対にしませんし、なんだかあったかい気持ちになれます。生前は人柄のいい夫婦《ふうふ》だったからかもしれませんね」

力強く言い切れば、彼女がムッとしたのが解った。

「そんなこと解らないじゃないですか？　所詮《しょせん》恨《うら》み辛《つら》みがあるから幽霊になったに決まっているじゃないですか！　そんなのに関わって王子様が呪《のろ》われたら責任とれるんです

か？」

先ほどから、私達のやりとりを聞いていた店員さんに視線を向けた。

「貴女《あなた》はジョゼフさんとリアーナさんのご夫妻をご存知かしら？」

年齢的に五年前に亡くなった二人のことを知っているに違《ちが》いない。

「……遊んでもらった覚えがあります」

店員さんは目をウルウルさせた。

「ジョゼフさんとリアーナさんは子ども好きで、町で育った子達は皆《みな》遊んでもらったことがあると思います……そんな二人が、恨みを持って幽霊になったなんて町の皆も信じられなくて」

私は首を傾げた。

「お二人は決して恨みから幽霊になったのではないと思います。お二人のお子さんであるモーリスさんとハンナさんが心配で幽霊になってしまったのでしょう。花瓶《かびん》のお花を替えたり庭園の枯葉《かれは》を集めたり、モーリスさんとハンナさんの手が回らない場所などを率先《そっせん》して手伝っているのは明白で、お二人は常にお子さん達を支えようとしているようですから」

私の言葉に店員さんはとうとう泣き出してしまった。

私は店員さんにハンカチを手渡《てわた》しながら、背中をさすってあげた。

「優しい幽霊が出迎《でむか》えてくれるホテルなんて滅多《めった》に泊まれませんから、店員さんもよかったら泊まりに来てくださいね」

私が笑顔《えがお》で言えば店員さんは頷いてくれた。

「貴女、頭は大丈夫？　幽霊の出るホテルなのよ？」

アイーノ伯爵令嬢は信じられないと言わんばかりの顔をした。

「もしも幽霊の正体が本当にジョゼフさんとリアーナさんなら……、お二人は突然《とつぜん》亡くなられたので、あの時遊んでいただいたお礼ができるなら一度行きたいと思います」

爽《さわ》やかな笑顔の店員さんに、今まで黙っていた殿下が口を開いた。

「二人も喜ぶと思う。それに、貴女の知り合いで二人に会いたい者がいるなら宣伝しておいてほしい」

「たぶん、この町の中ならあの二人に会いたい人はたくさんいると思います」

店員さんは私が渡したハンカチで涙を拭《ぬぐ》い、嬉《うれ》しそうに微笑んだ。

宣伝をタダでやってもらうわけにはいかないから、買い物をしよう。

「アイーノさんもよかったら泊まりに来てくださいね」

アイーノ伯爵令嬢は困ったように眉《まゆ》を下げた。

「そんな得体の知れない場所……ああ、私、急ぎの用事があったのを忘れていました！　ですので、失礼します」

アイーノ伯爵令嬢は私達に軽く会釈《えしゃく》してから店を出て行った。

彼女の殿下に向ける視線や態度を見るに、もしかしたら彼女の狙いは、殿下かもしれないと思った。

学園を卒業してしまい、学園で殿下に会うことは不可能になってしまったから、私を通じて殿下に会う機会を得ようとしたのではないか？　殿下の前で私に恥《はじ》をかかせ、自分のホテルで接待することにより、殿下との縁《えん》を繋ごうとしているのではないか？　憶測《おくそく》でしかない考えにため息しか出ない。

ホテルは手放さないし、殿下は私の隣《となり》にいてくれているのだから、無駄《むだ》に不安に思うのはやめよう。

私は気持ちを切《き》り替《か》えて殿下の腕にしがみついた。

「さあルド様、買い物をしましょう。このタイピンなんて細工が素晴らしいですわ」

私がショーケースの中を指差すと、殿下は目を丸くした。

「君の買い物をするんじゃないのか？」

「私の買い物ですわ。いつもお世話になっているルド様へのプレゼント」

殿下は口元を拳で覆うと、コホンと咳払いを一つした。

「いや、俺のは別に」

私はタイピンをショーケースから出してもらいながら言った。

「このタイピン、あっちのネックレスとイヤリングの細工とお揃《そろ》いですわ」

「よし、買おう」

「では、私がタイピンをプレゼントしますから、こちらをルド様が私にプレゼントしてくださるということでよろしいでしょうか？」

殿下が笑顔で頷くと、店員さんはネックレスとイヤリングに同じ細工のペアリングとペアバングルを添《そ》えて持ってきてくれた。

「この店の店員は商売上手すぎないか？」

殿下はそう言いながらも全部を買ってくれた。

アクセサリーショップをある程度見終わってから、たくさんの店を見て回った。

そして、入った店で幽霊の現れるホテルの宣伝をして回った。

幽霊の噂を聞いて不安な顔をする人も、その幽霊がホテル・チャロアイトの夫婦と言えば、興味を持ってくれた。

「ただねぇ、店があるからホテルに泊まるのはねぇ～」

ホテルに行きたい気持ちはあるのだと言うが、やはり休みを取れない人が多いのだ。

カフェで休憩《きゅうけい》をしながら課題点をメモにまとめていると、殿下がコーヒーを飲みフーっと息をついた。

「休みにお金を出して宿泊《しゅくはく》とは、貴族の考え方なのかもしれませんわね」

アイスティーを飲みながら、私はゆっくりと呟いた。

「じゃあ、泊まらなければいいんじゃないか？」

「？　泊まらない？」

お茶請《ちゃう》けのクッキーを手にし、殿下はニッと口元をつり上げた。

「せっかく温泉施設を作ったんだ。安価で温泉を開放すれば休みに風呂《ふろ》に入って癒《いや》されるってことなら、この辺の商売を生業《なりわい》にしている人でも来やすいだろ」

目から鱗《うろこ》が落ちる気持ちだった。

「ルド様、天才ですか？」

私が褒《ほ》めると、殿下は嬉しそうに笑った。

「ルド様は商売の才能があります」

「それは、この国がさらなる発展をすると捉《とら》えればいいのだろ？」

私達は思わずクスクスと笑い合った。

殿下の作戦は本当に素晴らしい。

ホテルイコール宿泊だと思うのは当たり前で、温泉施設の利用だけで集客を見込めるなんて考えもしなかった。

なんだか殿下を誇《ほこ》らしい気持ちで見つめてしまったのは仕方がないと思う。

町を見て回って、ホテルに戻ると何故か地下温泉の横に地下プールができていた。

「海があるのにプールですか？」

首を傾げる私に、バネッテ様はご機嫌《きげん》だ。

「この辺の地下は地熱が高いから、冬でもプールに入れるなんてなったらカップルが季節に関係なく泊まりに来るんじゃないかい？」

バネッテ様の後ろでマイガーさんが深く頷いている。

二人が、このホテルに人が来るように考えてくれたのが嬉しかった。

「バネッテ様、マイガーさん。本当にありがとうございます」

私が純粋《じゅんすい》にお礼を言うとマイガーさんはニッコリと笑った。

「うんうん。俺このホテル気に入っちゃったからデートに使うためにも必要な設備は全部揃えときたいよね！　雨でもプールがあれば婆《ばあ》ちゃんの水着姿見られるし！」

マイガーさんの言葉に殿下が呆《あき》れた顔をしていたが、私は別のことを考えていた。

「年間を通してプール。と言ったら季節限定だった水着が季節を問わずに販売《はんばい》できる。『アリアド』の支店をこの町に作れば……アハ、アハハハ！　売れる！」

悪役のように高笑いをする私を見て殿下が額に手を当ててため息をついていたのは、見なかったことにした。

「新オーナー様、お食事の準備が整っております」

そこに、ハンナさんが夕食を知らせに来てくれた。

案内された食堂に行けば、手早くモーリスが前菜を運んできた。

魚のマリネから　トマトとチーズのサラダなど始まったコース料理は全てが新鮮《しんせん》で美味《おい》しい料理ばかりだった。

「モーリスさん、とっても美味しかったです」

「ありがとうございます」

給仕《きゅうじ》をしながらも嬉しそうに笑顔を向けてくるモーリスさんの目の下には色の濃《こ》い隈《くま》があり、痛々しく見えた。

「モーリスさん、貴方ちゃんと寝《ね》てますか？」

私が心配して聞けば、モーリスさんは笑顔で固まった。

寝ていないのが解る反応だ。

「何か寝られない理由があるのですか？」

モーリスさんは困ったように眉を下げた。

「……自分がしっかりしなくては、ホテルはなくなってしまうと思い、なりふり構わず寝る間も惜《お》しんで働いてきました。オーナーが変わる度《たび》に減っていく客足に目が覚めたらホテルを畳《たた》まなければいけなくなる悪夢をたくさん見てきて、最近では寝るのが怖くなる時があります」

両親が亡くなってから、従業員は減っていきハンナさんと二人で頑張ってきたモーリスさんの苦労は計り知れない。

「もう、そんなことにはなりませんから安心してください」

私の言葉にモーリスさんは泣きそうな笑顔を向けてくれた。

モーリスさんが安心して眠《ねむ》れるようになるにはまだまだ時間が必要かもしれない。

とりあえず、少しでもモーリスさんの負担をなくせるように従業員の受け入れを進めなくては。

そんなことを考えていると、キッチンの方で何かが倒《たお》れるような音が響いた。

殿下とマイガーさんが席を立ち、護衛の二人が直ぐにキッチンに向かう。

見ればモーリスさんの顔色が悪い。

しばらくすると、護衛の二人がキッチンから真っ青な顔で飛び出してきた。

バリガさんの手にはハンナさんがお姫《ひめ》様抱《だ》っこで抱《かか》えられている。

「ユリアス様、物が浮いて……あの」

ルチャルさんが必死に説明をしようとしているが、言葉が上手く出てこないように見えた。

モーリスさんを見れば頭を抱えている。

「モーリスさん、どういうことでしょう？」

「……」

訳知り顔のモーリスさんはグッと息を呑《の》んだ。

「何が起きたのか、把握《はあく》していますわよね？」

モーリスは私をジーッと見つめた後、諦《あきら》めたように口を開いた。

「たぶん、母だと思います。ハンナの失敗を怒《おこ》っているんだと思います」

モーリスさんは力なく語り始めた。

「ハンナは兄である自分から見ても、抜けていると言いましょうか、そそっかしいと言いましょうか……注意力に欠けるところが多々ありまして、よく転《こ》けるしミスも多く、母がよく注意していました。母が亡くなってからは、ハンナが失敗すると物を浮かせたりクッションを投げるなど、怒っていることをアピールしているみたいなのです。その場の空気感や壊《こわ》れやすい物を避《さ》け、投げてよこすので母らしいと言うかなんと言うか、親子喧嘩《げんか》のようなもので……家族のお恥《は》ずかしいところをお見せしてしまい申し訳ございません」

困ったように眉を下げて説明してもらったが、どういった反応をするのが正解なのか……。

「アグレッシブなお母様ですわね」

当《あ》たり障《さわ》りの無い言葉を選んだつもりである。

「今思えば幽霊になってからこちらに意思を伝えるために頑張ったのだと思います」

しみじみと返され、言葉を失う。

いや、努力でどうにかなる話なのだろうか？

「と、とにかくお母様を落ち着かせなくてはいけませんわね」

私はマイガーさんをチラッと見た。

意思の疎通が簡単にできるマイガーさんに話を聞いてもらうのが得策だろう。

マイガーさんは私の視線を気にした様子もなくデザートの塩バニラアイスを頬張《ほおば》っていた。

「マイガーさん、キッチンに行って話を聞いてきてくださる？」

「え～アイス溶《と》けちゃう」

アイスを溶ける前に食べたい気持ちはよく解る。

それにこのアイスが凄く美味しい。

甘みが口いっぱいに広がり、後味に塩味を感じるのだ。

……現実逃避《とうひ》してしまった。

「マイガー、食べながらでいいから何故こうなったのか聞いてくれ」

殿下が呆れたように話してくれ、安心した。

「え～……しょうがないな～」

マイガーさんは渋々《しぶしぶ》アイスを手にキッチンに向かった。

マイガーさんが聞きに行ってくれている間に、私はハンナさんに話を聞くことにした。

バリガさんに抱えられたままプルプル震《ふる》えているハンナさんの頭を優しく撫《な》でた。

「怖かったのですね。大丈夫ですよ」

目をウルウルさせるハンナさんをよそに、モーリスさんが困ったように言った。

「あぁ～推測ですが、横着していっぺんに皿を片づけようとして転んで割ってしまったのだと思います」

悪びれることもなく言うハンナさんにモーリスさんはため息をついた。

「兄さん見てた？」

「母さんが怒るぐらい酷《ひど》い失敗なんて、想像がつく」

少し怒ったような空気を出しながらモーリスさんがハンナさんを見ていた。

私はハンナさんに、満面の笑みを向けた。

「しなくていい失敗で怒られた……と？」

私の笑顔を見たハンナさんの顔が青くなっていくのが解った。

「私、備品が減っていくのが凄～～～～く嫌いなんですの。頻繁《ひんぱん》に物が減ると補充《ほじゅう》しなくてはいけなくなって一番最初からある物のよさなんて直ぐになくなってしまうでしょ」

ニコニコしながらハンナさんの頬を優しく撫でて、私は続けた。

「あまりに酷いようでしたら、ホテル丸ごと取り潰《つぶ》して思い出なんて一つもないピッカピカの新しいホテルを建ててもいいんですのよ」

ハンナさんを抱えているバリガさんも、青い顔でプルプル震えているのは無視した。

「温泉施設を一瞬で作れるように、壊すのだって一瞬ですわ……どうしますか？　ピカピカにするか？　大事にするか？　さあ、どっちにしますか？」

私が語気を強くして聞けば、ハンナさんは叫《さけ》んだ。

「だ、大事にします！」

「そうですか……では、備品は丁寧《ていねい》に扱《あつか》う。解りましたか？」

ハンナさんと何故かバリガさんが激しく頷いてくれる。

解ればいいとばかりに視線をそらすと、マイガーさんがキッチンのドアから警戒《けいかい》するようにこちらを覗《のぞ》いていた。

「お嬢の説教終わった？」

明らかに怯《おび》えたマイガーさんの態度は解《げ》せない。

「説教してる時のお嬢が一番怖いからね！」

キッチンから出てきたマイガーさんはハンナさんに注意するように言った。

本人を目の前にして失礼じゃないだろうか？

「備品を壊した時のユリアスは怖いよな～。解る」

殿下まで賛同していることにムッとしていると、マイガーさんが口を開いた。

「まあ、ちゃんと叱《しか》らないと解らないだろうってついポルターガイストしちゃったってママさんは言ってたよ。怒らないであげてね」

「備品を壊したのはハンナさんであってリアーナさんではありませんから、怒ったりしません」

疑うような顔を向けるマイガーさんにデコピンをしてしまったのは仕方がないと思う。

「ありがとうございます！」

デコピンされた額を押さえながらお礼を言うのはやめてほしい。

ドMを喜ばせるためにしたんじゃないのに。

マイガーさんの反応にモーリスさんがドン引きした顔で私を見ている。

「デコピンされたらお礼を言うシステムがあるのでしょうか？　自分もしなくてはいけない感じですか？」

「アレは、ただの変態だ。マネしなくていいし、見なくていい」

コソコソと殿下に相談しなくていいし、殿下も真剣に答えなくていいと切実に思ったのだった。

その場はそれで話は終わり、私達はお互《たが》いに与《あた》えられた部屋に向かうことになった。

本来であれば、男女分けた二部屋を借りる予定だったのだが、ホテルの客室を使うのが私達だけだったため、一人部屋を用意してもらった。

清掃《せいそう》などは数をこなした方が練習になると思うからである。

内装はクリーム色で、小さな小花柄《こばながら》の壁紙《かべがみ》に木製の可愛らしい猫脚《ねこあし》の家具は統一性がある。

小さなテーブルに椅子《いす》が二脚、ベッドは一台で一人用の部屋として、落ち着ける空間である。

ただ、一人でいるとジワジワと恐怖《きょうふ》の芽が開く。

勿論《もちろん》このホテルにいる幽霊はモーリスさん達のご両親で怖がる必要がないのは解っている。

が、怖いことに変わりはない。

得体の知れないものに対しての怖さはないが、幽霊に対しての怖さがなくなったわけではないのだと理解した。

一人で眠れる気がしない。

そうだ、バネッテ様に頼んで一緒に寝てもらおう。

私はそう決めて部屋を出ようとして、廊下が騒《さわ》がしいことに気づいた。

どうやらマイガーさんが騒いでいるようだ。

「婆ちゃん！　ここ開けて！　一緒に寝よ～よ」

「騒ぐんじゃないよ！　大人しく一人で寝な！」

「え～、じゃあ、朝までお話しするのは？」

「寝ないと明日遊べないだろ？　大人しく寝な」

バネッテ様はかなり大変そうである。

私は諦めて部屋に戻り、バルコニーに出た。

海を見下ろすと、月の光が反射してホテルの前の海岸まで伸《の》びてきていて、まるで光の道が海面にできているようだ。

「綺麗」

思わず呟いた。

「そうだな」

独り言に返事が返ってきて肩《かた》が跳《は》ねるほど驚いてしまった。

「すまない。驚かそうとしたんじゃないんだ」

声のする方を見ると殿下が一メートル先にある隣の部屋のバルコニーに立っていた。

「殿下」

「ああ煩《うるさ》くっちゃ寝られないな」

殿下からはあまり困ったような雰囲気《ふんいき》を感じないが、私は一人じゃない安心感に思わず口元が緩む。

「ロマンチックですわね」

「そうだな……あまり煩いならマイガーを黙らせてくるぞ」

「大丈夫です……と言いたいところですが、実は一人でいると怖くて、バネッテ様に一緒に寝てほしいと頼もうと思っていたのです」

殿下は驚いたように目を見開いた。

「だって、大丈夫そうにしていたじゃないか？」

「一人になると言い知れない不安が……すみません」

思わず謝ってしまった。

昼間に平然としていたのだからそう思われても仕方がないと思う。

殿下はフーっと息を吐《は》くと、バルコニーの手すりに手をかけると乗り越えて私のバルコニーに飛び降りた。

「あ、危ないですわ！」

私が慌てているにもかかわらず、殿下は気にした様子もなく私を抱きしめた。

「あんな距離《きょり》で怪我《けが》などしない」

「ですが、殿下にもしものことがあったら」

心配して言っているというのに、殿下は私を抱きしめる手に力を込《こ》めた。

「今日のユリアスは可愛すぎて困る」

かなりドキドキしたのはきっと殿下がバルコニーを飛《と》び越えてきたからだ。

抱きしめられたからではない……はずだ。

「最近の殿下は私を甘やかしすぎではありませんか？　私はもっと殿下を支えられるような頼《たよ》り甲斐《がい》のある女性になりたいのです」

「君は、全然解ってないな。頼られて俺がどれだけ嬉しいか」

殿下は抱きしめながら私の頭を撫でてくれた。

「怯えて俺に頼ってくれるのが、凄く嬉しいし可愛いと思ってしまうのは仕方がないだろ」

殿下の手の温かさの安心感が半端《はんぱ》ない。

さらなる安心のために殿下の背中に腕を回してしがみつく。

「……可愛すぎだ」

しばらく殿下と抱きしめ合いながら海を見つめたのだった。

新デートスポットを作ります

朝、目が覚めると体が動かない。

まさか、金縛《かなしば》りというやつでは？

頑張《がんば》ってモゾモゾと動けば、横で何かが動いた。

あまりの恐怖《きょうふ》に悲鳴を上げようと思った瞬間《しゅんかん》、聞き慣れた声がした。

「起きたのか？」

声がした方に視線を動かすと、殿下《でんか》の顔が真上にあって心臓が飛び出るかと思った。

「言っとくが、何もしてないからな。バルコニーで海を見てたら君が俺にしがみついたまま寝《ね》てしまったから仕方なく一緒《いっしょ》に布団《ふとん》に入っただけだ」

私は昨晩のことを思い出し、そして、大きく深呼吸をしてから言った。

「すみませんでした」

深呼吸したわりに消えそうな小さな声しか出せなかったのは羞恥心《しゅうちしん》のせいだろう。

「頼《たよ》られて嬉《うれ》しいって言っただろ」

殿下はそう言って笑ってくれた。

私が照れているうちに殿下はベッドから出て、バルコニーに出て行った。

慌《あわ》てて追いかけると、すでに殿下は隣《となり》の部屋のバルコニーに渡《わた》った後だった。

わざわざバルコニーから帰る必要があるのか？

「マイガーに見つかったら煩《うるさ》いからな」

それだけ言うと、殿下は部屋に入っていった。

言われてみたらマイガーさんに殿下と一緒に寝たことがバレたら煩そうだ。

私はバルコニーから部屋に戻《もど》ると、身支度《みじたく》を整えてから部屋を出た。

見れば、マイガーさんの部屋からバネッテ様が出てきたところだった。

こ、これはとんでもないタイミングで部屋を出てしまった。

「お嬢《じょう》さんおはよう」

凄《すご》く冷静に挨拶《あいさつ》をされた。

「あ、あの、マイガーさんの部屋から出てきました？」

「ああ」

返事が軽い。

深く追及したい気持ちと絶対に聞いてはいけない気持ちがせめぎ合う。

バネッテ様を見つめて悩《なや》んでしまう中、バネッテ様の部屋からマイガーさんが出てきた。

これはどういうことだろうか？

「あれ？　婆《ばあ》ちゃん？」

「マー坊《ぼう》も起きたかい？」

「婆ちゃん、俺に一服盛ったでしょ！」

マイガーさんの言葉にバネッテ様は優《やさ》しく微笑《ほほえ》んだ。

「ゆっくり眠《ねむ》れただろ」

「せめて横で寝るとかしてよ」

マイガーさんの文句はなんだか違《ちが》う気がする。

「私だってゆっくり寝たいからねぇ。マー坊の部屋で寝させてもらったよ」

バネッテ様のマイガーさんを回避《かいひ》する能力が上がりまくっている。

「朝から騒《さわ》がしいな」

そう言って最後に部屋から出てきたのは殿下だった。

「兄弟聞いてよ～婆ちゃんが俺に一服盛ってきたんだよ～」

マイガーさんが殿下にすがりつくと、殿下は困ったような顔をした。

「バネッテ様、そんな便利な薬があるならもっと早く使ってくださいませんか？　昨晩は煩くて煩くて」

「ルドの裏切り者！」

マイガーさんは文句を言っていたが、バネッテ様と殿下は楽しそうに笑っていた。

「で、今日は何をするんだい？」

朝食を食べるために食堂に向かう途中《とちゅう》、バネッテ様が聞いてきた。

「海に行きます！」

「やったー！　海水浴！」

マイガーさんが喜ぶ中、殿下は首を傾《かし》げた。

「どうかなさいましたか？」

「あやしい」

疑いの眼差《まなざ》しで見つめるのはやめてほしい。

「あやしいとは、何故《なぜ》ですか？」

殿下はフンと鼻から息を出すと言った。

「君のことだ、ホテルのコンセプトを〝幽霊《ゆうれい》の出るホテル〟にすると決めた上に温泉施設《しせつ》とプールを作り、温泉とプールは宿泊客《しゅくはく》以外にも安価で利用できるようにすると決めたところまでが昨日の出来事だろう……そこまでいったなら、君が今日やりたいことはホテルの宣伝のはずだ」

私の心を読む能力が殿下は高すぎて困る。

「そこまでお見通しとは……では、何故私が海水浴をしようと思っているかも解《わか》ってくださいますわね」

流石《さすが》にそこまでは解っていなかったのか、殿下も腕《うで》を組んで悩み出してしまった。

「今日は宣伝のために、この近くのリゾートビーチに海水浴に行きますわ！　臨時休業中に宣伝とできれば予約もとりたいと考えています」

硬《かた》い表情で固まる殿下をよそに、マイガーさんとバネッテ様は「オー！」と返事をしてくれた。

「いやいやいや、プライベートビーチならまだしも、君の水着姿を不特定多数に見られるなんて」

「控《ひか》えめなデザインのものにいたしますので大丈夫《だいじょうぶ》ですわ！　それに、このホテルに宿泊しなければ買うことすらできない水着と銘打《めいう》てば、女性客を捕《つか》まえられますから」

我ながらいい作戦だと思い、口元がニヤニヤしてしまう。

「捕まえるって」

私はクスクスと笑った。

「私の店の名前が何故『アリアド』というのかご存知ですか？」

「いいや」

私は口元を片方の手で覆《おお》った。

「実は、蜘蛛《くも》の魔物《まもの》の『アリアドネ』からとった名前なんですの。お客様を蜘蛛の糸で搦《から》め捕って逃《に》げられないようにといった意味合いです」

「聞かなきゃよかったと思うぐらいにはホラーな理由だったな」

呆《あき》れ顔《がお》の殿下に私は笑顔《えがお》を向けた。

「ですので、殿下は私の側《そば》にずっといてくださいませ」

殿下がグッと息を呑《の》んだ。

「バネッテ様を守るのは、マイガーさんの役目ですわ」

「婆ちゃんの水着姿は誰《だれ》にも見せたくないけど、婆ちゃんに必要以上に近寄る不埒《ふらち》なやつからは、俺が絶対守るから安心していいからね！」

マイガーさんが決意をバネッテ様に向けて言った。

「私は危なくなったら飛んで逃げるから大丈夫だ」

「そこは恋人《こいびと》の俺に守らせてよ！」

「……仕方ないねぇ」

なんだかんだ言ってもマイガーさんに甘いのがバネッテ様のいいところだと思う。

「ちなみに、バネッテ様の水着はモスグリーンのビキニに透《す》け感のある白地に植物の絵が散りばめられたパニエを巻く最先端《さいせんたん》の水着で、私のは黒のワンピースタイプの水着です」

私が熱心に説明すると、殿下は渋々《しぶしぶ》了承《りょうしょう》してくれた。

海に着き、それぞれビーチに併設《へいせつ》された着替《きか》えるための建物に入り水着に着替えることになった。


バネッテ様と一緒に着替えていると、周りの視線が気になった。

「あの、その水着素敵《すてき》ですね」

近くで着替えていた女性に言われて、私とバネッテ様はニッコリと笑顔を作った。

「『アリアド』ってブランドの新作なんですの」

「『アリアド』知ってます！　でもこの辺にはお店がないので買えないですね」

残念そうに眉《まゆ》を下げる彼女に、私はこれ見よがしに言った。

「それが、この町の丘《おか》の上の幽霊ホテルにアリアドの支店ができるんですのよ！」

「え！」

信じられないと言いたそうな彼女に、バネッテ様は優しく言った。

「あのホテルでしか買えない『アリアド』の水着がコレだよ」

バネッテ様が胸を張ってみせる。

「でも、幽霊が出るんですよ」

私は秘密を教えるように彼女の耳元に口を寄せた。

「実はホテルの幽霊は心優しく怖《こわ》くないんです。ですが意中の男性に怖いと言って頼るとグーンと距離《きょり》が縮まるんですのよ」

彼女は驚《おどろ》いた顔をした。

「幽霊なのに怖くないんですか？」

「ええ。彼らはホテルの従業員のご両親で、子ども達が心配で幽霊になってしまったみたいだから、怖い存在ではまったくないですわね」

彼女は信じられないのか、やっぱり嫌《いや》そうな顔をした。

そこに、バネッテ様がニコニコしながら言った。

「幽霊さんは死んでもなお一緒にいる夫婦《ふうふ》でね、私は二人をこの目で見たんだけど夫婦って素敵だなぁって思っちまったよ」

仲のいい夫婦の怖くない幽霊ということが伝わればいいと思う。

そんな話をしていると、彼女の友人らしき人がわざわざ彼女を呼びに来たのを見て、私とバネッテ様は顔を見合わせた。

「ねぇ、ちょっと、更衣《こうい》室の前にすっごい格好いい人達がいるよ」

「ジロジロ見たら失礼だよ」

そう言いながらも、私達にペコリと頭を下げてから彼女は更衣室を出て行った。

「殿下じゃないのかい？」

「マイガーさんかもしれませんわよ」

私達はしばらく遠くを見つめてからゆっくりと更衣室を出た。

案の定、殿下とマイガーさんは女の子達にキャーキャー言われていた。

「人の水着でブーブー文句言うくせに、上半身裸《はだか》で大勢の女子に囲まれる彼らをどう思いますか？」

思わず呟《つぶや》いてしまった私は悪くないと思う。

私達が唖然《あぜん》と女子に囲まれる彼らを見ていると、殿下と目が合った。

不満そうな殿下とバネッテ様に走ってきて抱《だ》きつくマイガーさん。

差がありすぎではないか？

「婆ちゃん美人すぎ、このままホテル戻って部屋に閉じ込めたい！」

「それ、褒《ほ》めてるんだよねぇ？　本気で監禁《かんきん》するつもりじゃないと言っておくれよ」

ニコニコしているだけで、決して返事をしないマイガーさんが地味に怖い。

「思っていた以上にセクシーすぎないか？」

殿下は眉間にシワを寄せて呟いた。

それは、褒め言葉なのか？　なら嫌そうな顔で言わないでほしい。

そんな女心の解っていない殿下の腕を軽く摑《つか》む。

「似合いませんか？」

下から見上げるように聞けば、殿下はグッと息を呑んだ。

「これでも、露出《ろしゅつ》の一番少ないものを選んだんですのよ」

殿下はしばらく黙《だま》ると小さな声を出した。

「似合いすぎだ」

照れたように私から視線をそらす殿下の腕にしがみつくと、殿下の首が耳まで赤くなったのが解った。

「ルド様も素敵です」

私がそう言えば殿下はゆっくりと深呼吸をした。

「君は俺の婚約《こんやく》者だよな？」

「はい。そうですが、何か？」

「婚約者なら、腕を組んでも許されるよな？」

「そうですわね。では婚約者様、このままエスコートしてくださいますか？」

ようやくこちらを見てくれた殿下はニカっと笑った。

あまり見ない無邪気《むじゃき》な笑顔に、キュンとしてしまう。

「おいおい兄弟、顔緩《ゆる》みすぎ！」

「お前に言われたくない」

マイガーさんがケラケラ笑った。

バネッテ様のお腹《なか》に手を回して離《はな》れる気ゼロのマイガーさんにバネッテ様はちょっと怯《おび》えて見えた。

「マイガーさん、バネッテ様をよろしくお願いしますわね」

「それは勿論《もちろん》だよ！　婆ちゃん楽しもうね」

「あ、ああ」

宣伝のためにここに来たのだから、宣伝してほしいところではあるが二人は目立つから遊んでいるだけでも宣伝になるのかもしれない。

「さあ、遊ぼ！」

マイガーさんはバネッテ様を軽々とお姫《ひめ》様抱っこすると、海に向かって走っていってしまった。

「ずっと楽しみにしていたみたいですものね」

私が呟くと、殿下はクスクスと笑った。

「俺達も遊ぶか」

「はい」

私と殿下はゆっくりとマイガーさん達の後を追った。

マイガーさんとバネッテ様は高速で泳いだり魚を手摑《てづか》みで取ったりと真似《まね》できない遊びをしていて、私と殿下は足のつく場所でゆったりと波に揺《ゆ》られながらどうやって宣伝するかについてを話し合っていた。

「す、すみません。ルドニーク様ではありませんか？」

話しかけてきたのはピンクゴールドの肩口《かたぐち》まである髪《かみ》を緩く結んだ、ローズピンクの瞳《ひとみ》の青年だった。

「おお、パレットじゃないか。ユリアス、彼はキャンバー侯爵《こうしゃく》子息で俺とローランドの学友だ」

キャンバー侯爵家は豊かな漁港のある領地で観光業でも名を馳《は》せている。

今までは顔を合わせることがなかったし、お兄様がメインで交流してしたので関わりがなかったが、仲良くしていて損のない相手だ。

侯爵子息は丁寧《ていねい》に頭を下げて、挨拶をしてくれた。

「キャンバー侯爵家長男、パレットと申します」

「ノッガー伯爵《はくしゃく》家長女ユリアスと申します。お見知りおきくださいませ」

「貴女《あなた》のお兄さんとはよく、いなくなったルドニーク様を学校中走り回って探したのですよ」

殿下は気まずそうに視線をそらした。

「ところで、パレットは何故こんなところにいるんだ？」

「ルドニーク様、本気で言ってます？　ここ、うちの領地ですよ」

殿下はハッとして視線を彷徨《さまよ》わせた。

「ルドニーク様が来るのであれば、家でもてなすのが筋ってものではありませんか？　何処《どこ》に宿泊予定ですか？」

殿下はしばらく黙るとホテルの方を指差して言った。

「チャロアイトだ」

殿下の言葉にパレット様は目を丸くした。

「チャロアイトって幽霊ホテル？」

本当に誰でも知っている曰《いわ》くつきのホテルなのだと実感する。

「チャロアイトはやめた方がいいですよ！　我が家に来てください」

慌てて部屋を用意すると言うパレット様を殿下はあっさり断った。

「いや必要ない。あのホテルは素晴《すば》らしい」

「幽霊ホテルがですか！」

驚いて声の大きくなるパレット様を、周りにいた海水浴客がチラチラ見ている。

「チャロアイトの新しいオーナーは俺の婚約者だ」

私は何も言わずに微笑んでみせた。

パレット様は驚いたように目を見開いた。

「彼女の商売に対する手腕《しゅわん》は有名だろ？　ホテルにはすでに王族の家族とも言えるドラゴンが作った温泉とプールができている。ドラゴンの加護のあるホテルなんて滅多《めった》に泊《と》まれん。実際温泉に入ってみたが、素晴らしかったしプールなんかはデートするのにもってこいの美しさだ」

殿下が褒めちぎるのを呆然《ぼうぜん》とパレット様は拳《こぶし》を握《にぎ》って聞いていた。

「それでも、残念ですがチャロアイトには幽霊が出ます。ルドニーク様を放っておけないことを解ってください」

パレット様は一国の王子に幽霊が出るホテルは危険だと考えたようだ。

「パレット、お前はそんな狭《せま》い視野で大丈夫か？」

「別に視野は狭くないつもりだよ」

殿下はフーっと息をついた。

「ドラゴンの加護がある場所に邪悪《じゃあく》な幽霊が出ると思うのか？」

「えっ？　幽霊イコール邪悪な存在じゃないんですか？」

驚くパレット様を見るためか、多くの人が近づいてきているように見える。

「王族が崇《あが》めるドラゴンの加護のある場所だぞ。邪悪なものが近づけるわけないだろ。あれはすでに幸福を呼ぶ精霊《せいれい》に近いと思うぞ。現にあのホテルに泊まってから何度か幽霊を見たが、その度《たび》に彼女との仲が深まっていると感じる」

チラッと私を見るパレット様の視線に気づいた。

「あのホテルに泊まって、ルド様が本当に頼りになる方だと実感いたしました。最初は怖くて甘えてしまって……お恥《は》ずかしい限りですわ」

これ見よがしに猫《ねこ》を被《かぶ》って言ってみた。

「あれは、君が怯えすぎなだけだと思うが」

「怖かったのだから仕方がないではありませんか！　それに幽霊の一切《いっさい》出てこない部屋があるなんて知りませんでしたから」

私と殿下の話を聞いて、パレット様は腕を組みウーウー唸《うな》ってから言った。

「ルドニーク様がそこまで言うのであれば、僕も婚約者を連れて行ってみようかな？」

殿下の顔が邪悪な笑《え》みの形に変わったのが解る。

普段《ふだん》私に悪い顔とか企《たくら》んだ顔と言うくせに、殿下だって企んだ顔をするのだと初めて知った。

「旅行の間、絶対に距離が縮まると断言できるぞ」

そう言って殿下はチラッと私がしがみついている腕を見た。

そう言えば、チャロアイトに泊まってから殿下にしがみついている時間が多い気がする。

普通《ふつう》であれば、腕を組むことすら滅多になかったはずだ。

「いつの間にかこの体勢が一番落ち着くのですが、嫌ではありませんか？」

心配になって聞けば、殿下は優しく笑った。

「愛《いと》しい人に頼られて嫌な男はいないと思うぞ」

人前で愛しい人なんてサラッと言われると照れてしまう。

赤くなった顔を見られないように殿下から視線をそらすとパレット様と目が合ってしまった。

「ユリアス嬢がこんなに可愛《かわい》らしい人だと初めて知ったよ」

あまり見られたくなくて、殿下の後ろに隠《かく》れるとパレット様に笑われてしまった。

「ユリアスをからかうな。あまり調子に乗ると慰謝料請求《いしゃりょうせいきゅう》するぞ」

「王族から慰謝料請求されたら僕払《はら》える自信ないからね」

パレット様はそう言って笑ったのだった。


海でたくさん遊んで疲《つか》れてグッタリしながらホテルに戻ると、モーリスさんが慌ただしく現れた。

「新オーナー！　大変です！」

モーリスさんの慌てぶりにトラブルかと思って警戒《けいかい》したが、モーリスさんが手渡《てわた》してきたのは予約帳だった。

「一週間後によ、予約が三件も入ったんです！」

泣きそうなというか、すでに瞳に涙《なみだ》を溜《た》めているモーリスさんの声は震《ふる》えていた。

喜ぶモーリスさんを見て殿下が彼の肩《かた》をポンポンと叩《たた》いた。

「これからさらに忙《いそが》しくなるぞ」

「は、はい！」

モーリスさんは目元を袖《そで》で拭《ふ》くと強く頷《うなず》いた。

なんだか殿下とモーリスさんが仲良しでモヤモヤとしたものがお腹の中で渦巻《うずま》いた気がした。

「しかし、これから客が増え出すと二人ではやっていけないだろ？」

心配そうな殿下と苦笑いのモーリスさんに私は口元をつり上げた。

「ご心配には及《およ》びませんわ！　明日助《すけ》っ人《と》が到着《とうちゃく》する予定です」

「『助っ人？』」

シンクロして首を傾げる殿下とモーリスさんを見て私はクスクス笑ってしまった。

「マイガーさんとバネッテ様にお使いを頼《たの》みましたわ。助っ人を連れてきてもらえるように」

海でパレット様と話していて人が足りなくなることが予想できた私は、近くで遊んでいたバネッテ様とマイガーさんに助っ人を呼んできてほしいと、頼んだのだ。

私がバネッテ様に頼むとマイガーさんがついていくと言いはり、お二人に頼むことになった。

まあ、助っ人と言っても、養護施設で接客の訓練を受けた子ども達の中の年長者なのだが、このホテルの新たな戦力になってくれるだろう。

「その助っ人は幽霊が出るホテルでも大丈夫なのでしょうか？」

心配そうなモーリスさんに私は満面の笑みを向けた。

「あの子達なら幽霊よりも私の方が怖いんじゃないかしら？」

私を見ていた殿下は何かを思い出したような顔をした。

「ああ、子ども達か！　怒《おこ》ったユリアスは怖いもんな」

殿下はそう言って笑ったが、失礼ではないだろうか？

「子ども……ですか？」

心配そうなモーリスさんの背中を殿下はバシバシ叩いた。

「心配するな！　そんじょそこらの子どもと到底《とうてい》一緒にはできない子どもだ」

「私が管理している養護施設の子ども達は、我がノッガー家が誇《ほこ》る最先端の教育を受けていますので心配はいりません」

子ども達は四人連れてくるようにマイガーさん達には伝えてあるから、出迎《でむか》えるために従業員用の部屋を整えなくてはいけない。

「明日には従業員が四人来ると思いますので、従業員用の部屋をチェックさせていただいてもよろしいかしら？」

モーリスさんはしばらくポカンとして、首を傾げた。

「あの、王都からここまで時間がかかるはずでは？」

私が口を開く前に、殿下が苦笑いを浮《う》かべた。

「迎えに行ったのがドラゴンだからな～。すぐ帰ってくるだろ？　むしろ子ども達がドラゴンに乗ることを怖がらないかが心配だ」

モーリスさんの顔色がなんだか悪い気がする。

「大丈夫ですわ。バネッテ様は子どもが大好きなので、怖がらせたりしません」

その辺は心配する必要がないと断言できる。

「今、心配すべきことは、子ども達が来た時になんの心配もなく働けるように部屋を整えることですわ！　さあ、従業員用の部屋に案内してくださいませ」

私を呆然《ぼうぜん》と見ていたモーリスさんは深く頷いて従業員用の別邸《べってい》に連れて行ってくれた。

人のいない別邸はなんだか薄暗《うすぐら》くて、カーテンも黄ばみよっぽどホラーハウスのようで思わず一緒に来てくれた殿下の服の裾《すそ》を掴んでしまった。

「どうした？」

不思議そうに私を見る殿下。

散々従業員なら怖くないと言っておいて、幽霊を怖がっている姿をモーリスさんに見られたくなくて、私は手を裾から手を離した。

「いいえ。なんでも」

強がってしまったことに、少なからず後悔《こうかい》してしまう。

「それにしても、なんだか雰囲気《ふんいき》のある建物だな」

「従業員が辞《や》めていってから、一階の二部屋と従業員用の食堂しか使っていない状況《じょうきょう》でして」

なんだか恥ずかしそうなモーリスさんに殿下は笑ってみせた。

「掃除《そうじ》が大変だということだな」

殿下が明るく振《ふ》る舞《ま》ってくれるおかげで、その場の空気が和《なご》む。

「じゃ、中を見せてくれ。それと、ユリアス」

殿下は私にニカっとわざとらしく笑顔を向けた。

「何か出そうで怖いから、手を繋《つな》いでもらってもいいだろうか？」

絶対に怖いなどと思っていないように見える殿下が差し出した手を握ると、先を歩いていたモーリスさんが顔をほんのり赤らめて苦笑いを浮かべた。

「独り身にはなかなか眩《まぶ》しい光景ですね」

「こんな時でもないとイチャイチャする機会がないから見なかったことにしてくれ」

モーリスさんの乾《かわ》いた笑いが別邸に響《ひび》いた。

気を取り直したモーリスさんが案内してくれた二階は全六部屋で一部屋二人で使用する作りのようで、ベッドとクローゼットと簡単な机と椅子《いす》が二組ずつある。

布団はないので買ってこなくてはならないが、掃除はしやすそうだ。

「前は二階に十人ぐらいが生活していました」

私は部屋の灯《あか》りがつくかなどのチェックをしながら言った。

「各部屋にはトイレがありますが、お風呂《ふろ》がないのですね」

「平民は毎日お風呂に入る習慣がありませんから」

それは衛生的によろしくない。

「明日、バネッテ様が帰ってきたらこの地下にも温泉を引いていただきます。ここで働けば毎日温泉に入って疲れを癒《いや》すことができると謳《うた》えば従業員になりたい人も増えると思いますわ」

働きたくなる職場は大事である。

「後は、昼間だけ働いてくれる従業員も必要です。温泉施設と私の店の支店で働いてもらえる人ですわね」

私が悩む中、殿下は窓枠《まどわく》の埃《ほこり》をフーっと息をかけて飛ばしていた。

「全て、ホテルの従業員にやってもらうことになれば、休みがあってないようなものですから。温泉施設も夕方からはホテル利用者のみが入ることができるようにすれば管理が楽になりますわ」

仕事のことを話している間、モーリスさんは感心したように頷いていたが、話が終わると深いため息をついた。

「こうして、新オーナーがたった一日でこのホテルのためにしてくれたことの百分の一も自分にはできなかった事実に自信をなくしてしまいますね」

モーリスさんの疲れ切った顔に哀愁《あいしゅう》を感じてしまう。

「私だって、一日でできることには限界がありますわ。だからこそ、より信頼《しんらい》の置ける仲間を作り助けてもらうのです。だから、モーリスさんも私を頼ってくださいませ。私達はもう仲間ですから」

私がそう言ってモーリスさんを見れば、モーリスさんの目から涙が滝《たき》のように流れていた。

「ユリアスが泣かした」

殿下の単調な声にチッと舌打ちしてしまったのは仕方がないと思う。

「す、すみません……今まで、ホテルをま、守ることに、必死で……すみません」

エグエグと言いながら泣くモーリスさんの頭を殿下が乱暴に撫《な》でた。

「泣くな。兄ちゃんだろ」

「はい」

モーリスさんはいまだ止まらぬ涙を袖で拭《ぬぐ》うとニカッと笑ってみせた。

モーリスさんの苦労が、少しでも減る努力をしなくてはと、その時強く思った。

「さあ、掃除しましょう」

私の発言にモーリスさんは目を見開いた。

「まさか、新オーナーも掃除をするつもりではないですよね？」

「勿論、私だけではなく殿下も手伝ってくださいますわ」

殿下が腕まくりをしながら頷くとモーリスさんは真っ青な顔で首を横に振った。

「滅相《めっそう》もない！　お二人は夕飯を召《め》し上がってゆっくりお休みください！　掃除は自分がやりますから！」

私と殿下の顔が不満を隠せずにいると、モーリスさんは困惑《こんわく》したように狼狽《うろた》えた。

「そ、そんな顔されましても……とにかく、夕飯を召し上がってください」

私と殿下はお互《たが》いに顔を見合わせた。

「殿下、私は常々モーリスさんは働きすぎだと思っているのです」

「同感だ」

バネッテ様がいれば催眠《さいみん》効果のあるお茶を淹《い》れてもらって寝かせてしまえばいいのだが、そのバネッテ様は私のお使いでいない。

殿下の魔法《まほう》でどうにかならないだろうか？

「夕飯はハンナが作っていますから！　さあ、行きましょう！」

モーリスさんは不穏《ふおん》な雰囲気を感じ取ったのか、慌てたように私達をホテルの食堂に引っ張っていった。

ハンナさんが作ってくれた料理を食べながら、殿下も何やら考えているように見えた。

「新オーナー様、私が作った料理はどうですか？」

「とっても美味《おい》しいわ」

ハンナさんは嬉しそうに頷くと、壁際《かべぎわ》に控えているモーリスさんの横に移動しようとしたようだったが、何もない場所で躓《つまず》いた。

小さな悲鳴とともに倒《たお》れるハンナさん。

「す、すみません」

慌てて立ち上がるハンナさんになんだか不自然に思ってしまった。

「ハンナさん、もしかして眼鏡が合っていないのではなくて？」

ハンナさんは肩が跳《は》ねるほど驚いていた。

「じ、実は、物心がつく頃には幽霊が度々《たびたび》見えてました。四、五歳の頃《ころ》から視力が悪くなり父に眼鏡を買ってもらったのですが、眼鏡をつけていると幽霊が見えないことに気づきました。両親が亡《な》くなってからは忙しくて新しいものが買えていなくて、今は度の合わない眼鏡をしています」

ハンナさんが言いづらそうに語った言葉に、モーリスさんが一番驚いていた。

「ハンナ、そうだったのか？」

「兄さんに言ったら、心配すると思って……」

ハンナさんはゆっくり俯《うつむ》いてしまった。

「明日、確実に四人は助っ人が来ますから、眼鏡を新しくしに行ってはいかがですか？」

「ですが……」

モジモジして、歯切れの悪い返事に私はフーっと息をついた。

「私がハンナさんにお似合いのちゃんと度数の合った素敵な眼鏡をプレゼントいたしますわ」

「ユリアスがプレゼント？」

不思議そうに私を見る殿下に私は笑顔を向けた。

「合わない眼鏡でよく転《こ》けるイコール備品が壊《こわ》れると考えれば大した出費ではありませんし、ハンナさんはこれから副支配人になるのですから身嗜《みだしな》みはきちんとしなくてはいけません」

「副……支配人ですか？」

何故かポカンとするハンナさんに私は首を傾げた。

「ええ。モーリスさんが支配人ですからハンナさんは副支配人ですわ」

ハンナさんからポワポワと幸せそうな雰囲気が醸《かも》し出《だ》された。

「ですから、ハンナさんには備品を壊すことなく他の従業員のお手本になっていただかなくてはいけません。解りますわね」

「はい！　新オーナー様！」

とってもいい返事である。

「そう言えば、護衛のお二人の姿が見えませんが？」

モーリスさんが思い出したように聞いてきて、初めてその事実に気づいた。

言われてみたら昨日の夜から見ていない。

「二人は俺の使いで出かけている」

殿下がメイン料理のお肉を切りながらそう言った。

「護衛がいらっしゃらなくて大丈夫なのですか？　王族の護衛なのですよね？」

「あの二人より、俺の方が強いから心配ない。それに、あの二人はユリアスの護衛だ。俺が側にいる間はあの二人が暇《ひま》になってしまうからな。偵察《ていさつ》に行かせてる」

切り分けたお肉を口に頬張《ほおば》り幸せそうな顔をする殿下は可愛いと思う。

「何を探《さぐ》らせているのですか？」

「勿論、アイーノ伯爵家についてだ。ユリアスを手玉に取ろうとするなんてどんな家なの

ない。

実際、アイーノ伯爵家がなんの目的で私にこのホテルを売りつけたのかはいまいち解らない。

「いずれ必要になる情報ですわね」

私が考え込むと、殿下はお水を飲んだ。

「君の護衛を勝手に使って怒ってないのか？」

「元より、殿下がつけてくださった護衛ではありませんか？」

「そうなんだが、護衛二人は滅茶苦茶《めちゃくちゃ》不満を言っていたから、君にも言われておかしくないと思ったんだ」

私の護衛二人は最近殿下に面と向かって文句を言うようになってしまったらしい。

「護衛は主人に似ると言いたいのですか？」

私が口を尖《とが》らせて不満そうにすれば、殿下は楽しそうに笑ったのだった。

猛反対《もうはんたい》するモーリスさんとハンナさんをよそに、私と殿下《でんか》は従業員用の部屋の掃除《そうじ》を明け方まで手伝った。

今までしたことのない作業に、私も殿下も楽しくなってしまったのは秘密だ。

作業が終わり、モーリスさんがお茶を淹《い》れてくれ、一息ついたところで外が騒《さわ》がしくなった。

外に出れば、グリーンドラゴンの姿のバネッテ様とその背から降りる人影《ひとかげ》が見えた。

人影は私に気づくと走り寄ってきた。

十五、六歳の少年が三人と二十代前半の女性だ。

「カローラさん?」

私は思わず首を傾《かし》げた。

「お嬢様《じょうさま》、この度《たび》は新規事業発足《ほっそく》おめでとうございます」

カローラさんはノッガー伯爵《はくしゃく》家のメイド長と料理長の娘《むすめ》で、長い黒髪《くろかみ》に真紅《しんく》の瞳《ひとみ》、小麦色の肌《はだ》を持つ色っぽい美人で、養護施設《しせつ》のマナー講師などもしてくれる万能《ばんのう》メイドである。

「カローラさんがどうして？」

「今回、急な召集《しょうしゅう》でしたので女性の適任者を見つけることができず、力不足とは存じますが、わたくしが参った次第《しだい》でございます」

ホテルの仕事は力仕事も多いので、男性の方を多くして万能メイドのカローラさんが女性に任せたい接客などの繊細《せんさい》な対応を引き受けるつもりなのだと直《す》ぐに解《わか》った。

「モーリスさんハンナさん、凄《すご》い助《すけ》っ人《と》が来てくれましたわ」

私が二人を呼ぶと、カローラさんは目をパチパチと瞬《しばたた》き、そしてモーリスさんを繁々《しげしげ》と見ながら回り、私の横にピッタリと並ぶとコソっと呟《つぶや》いた。

「ドチャクソタイプなんですけど」

聞いたことがない言葉だった。

「お嬢様、わたくしここに永住してもよろしいでしょうか？」

「……ホテルの経営が軌道《きどう》に乗ってからでもいいかしら？」

「それは勿論《もちろん》」

コソコソと話す私達を不思議そうに見る兄妹《きょうだい》にカローラさんは妖艶《ようえん》な笑《え》みを浮《う》かべた。

「わたくし、カローラと申します。末長くお見知りおきくださいませ」

カローラさんの色っぽさに当てられたのか、兄妹の頬《ほお》が朱《しゅ》に染まる。

「こ、こちらこそよろしくお願いします」

慌《あわ》てて頭を下げるモーリスさんを見て、真似《まね》して頭を下げるハンナさん。

そんな二人を獲物《えもの》を見るような目で凝視するカローラさんを見なかったことにした。

「皆《みな》さん、こちらが支配人のモーリスさんと副支配人のハンナさんです。何かあれば直ぐに二人に報告・連絡《れんらく》・相談を心がけてください」

少年達は手を上げてハイッと小気味いい返事をしていた。

「荷物はすぐに運び込めるようにしましたわ。あちらの建物の二階にお願いします」

四人分にしては少ない荷物を各部屋に置いた後、従業員用の食堂に集まってもらった。

そして、食堂に皆《みんな》が集まった瞬間《しゅんかん》、食堂の壁《かべ》に血文字で『朝ごはんは食べましたか？』の文字が浮き出てきて私は飛び上がりそうになった。

「うわ！　すげ～コレどうなってんの？」

「えっコレどうやって消すの？」

「いや、怖《こわ》いって思うのが先じゃね？」

連れてきた少年達の少しズレた物言いに恐怖《きょうふ》心は薄《うす》れた。

「お嬢様、コレはなんでしょうか？」

カローラさんが代表するように私に聞いてくれたので事情を話した。

「では、こちらの血文字は支配人方のお母様が意思表示してくださっているってことですね」

改めて血文字を見れば、すでに『驚《おどろ》かせてしまってごめんなさい』という文字に変わっていた。

「すげ、ちゃんと消えて新しい字が出てくる」

「次、犬描いて」

「この垂れてるとこが怖い雰囲気《ふんいき》出すのかな?」

やっぱり何かズレている彼らになんだか脱力《だつりょく》してしまう。

しかも、血で描《えが》かれた犬の不気味なことこの上ない。

「朝ごはんできていますよ。どうぞ」

モーリスさんがサンドイッチとトマトのスープを持ってきてくれて全員で食べることにした。

「お手伝いいたします。支配人」

カローラさんが積極的にモーリスさんを手伝い慌てて少年達も手伝い始め、和気藹々《わきあいあい》とした雰囲気を感じた。

「新オーナー様、なんだか昔に戻《もど》ったみたいで楽しいです」

ハンナさんが目に涙《なみだ》を溜《た》めてそう言っていて、私は嬉《うれ》しくなった。

「これから取り戻していきましょう」

私が笑いかければ、ハンナさんはポロポロと泣きながら笑った。

可愛《かわい》らしかったので抱《だ》きしめて頭を撫《な》でてあげた。

ハンナさんは緊張《きんちょう》の糸が切れてしまったのか安心したような顔で意識を手放してしまった。

腕《うで》の中で重くのしかかるハンナさんをどうしたらいいのか、焦《あせ》る私をよそに少年達が私を指差した。

「「「姫《ひめ》様が副支配人を絞《し》め落とした」」」

失神したハンナさんを見た少年達がぎゃーと悲鳴を上げると、カローラさんが三人の頭をコツンと殴《なぐ》った。

「お嬢様はそんなことができるほど力は強くありません。副支配人もお疲《つか》れなのでしょう。寝《ね》かせて差し上げましょう」

そう言って、カローラさんはハンナさんを軽々とお姫様抱っこした。

「支配人、副支配人のお部屋に案内してくださいますか？」

そんなカローラさんを見て、オロオロしながらモーリスさんはハンナさんを受け取ろうと手を伸《の》ばした。

「はい、ですが、ハンナも重いですよね？　自分が運びます」

そう言うモーリスさんに顔を近づけ、耳元でカローラさんが囁《ささや》いた。

「わたくし、力持ちですので大丈夫《だいじょうぶ》です」

モーリスさんは囁かれた方の耳を押さえると、指先まで真っ赤に染まった。

「そ、そそそそうですか？」

明らかに女性慣れしていないモーリスさんを見て少年達はコソコソと話し出した。

「カローラ先生に支配人が弄《もてあそ》ばれてるぞ」

「弄ばれてるんじゃなくてロックオンされてるんだ」

「カローラ先生幸薄《さちうす》そうな人好きだからな」

少年達は、慌てたようにカローラさんをハンナさんの部屋に案内するモーリスさんにこっそり手を合わせて見送った。

「カローラってメイドはそんなに問題があるのか？」

不思議そうに首を傾げる殿下を見て少年達はフーっと息を吐《は》いた。

「ルド兄ちゃん、知らないの？」

「カローラ先生っていったら、姫様の次に怖いんだぞ！」

「鬼《おに》」

カローラさんは私の三つ年上で、小さい頃《ころ》からノッガー家で父親である料理長に料理を教えられメイド長である母親にメイドのマナーを教わり、執事《しつじ》長から護身術を庭師から芸術性を叩《たた》き込まれた完璧《かんぺき》メイド。その彼女よりも私の方が怖いというのはいかがなものかと思ってしまう。

「女性に対して鬼は言いすぎだぞ」

殿下もなんだか論点のズレた回答をしていた。

「さあ、食事を済ませてしまいましょう。そうしたら貴方《あなた》達に必要な物を買ってきて明日からは働いてもらえるようにしますからね」

「「「ハイッ」」」

三人は元気よく返事をした後、ニコニコと口元を緩《ゆる》ませた。

「やっと一人前になれる」

「ちゃんと働ける」

「稼《かせ》ぐぞー」

少年達のやる気が伝わってきてなんだか嬉しくなる。

「そういえば、マイガーさんとバネッテ様はどうされました？」

すっかり忘れていた。

二人はこの場にいない。

「疲れたから寝るって言って部屋に戻ったぞ」

また騒いでなければいいと思った瞬間、バタバタと走ってくる音がして豪快《ごうかい》にドアが開いた。

「お嬢、聞いてよ！　婆《ばあ》ちゃんが俺に睡眠薬《すいみんやく》盛ろうとする！」

「リラックスできるお茶なだけだろう。マー坊《ぼう》は大袈裟《おおげさ》だねぇ」

バネッテ様はお茶を手にマイガーさんの後を追いかけてきていた。

「今リラックスなんかしたら寝ちゃうじゃん！」

いや、寝た方がいいと思う。

私が呆《あき》れながら、仲裁《ちゅうさい》に入った方がいいのか悩《なや》み殿下に視線を移すと、殿下は興味なさそうにあくびをしていた。

放っておくのが正解かもしれない。

私はしばらく遠巻きに二人のやりとりを見ていたが、子ども達に向かって言った。

「面倒《めんどう》なので、マイガーさんを捕《つか》まえなさい」

「「はい」」

子ども達は対角線に移動すると、素早《すばや》い動きでマイガーさんに飛びかかり手足を押さえつけた。

「流石《さすが》だねぇ。そのまま押さえといておくれ」

バネッテ様がマイガーさんの口元にカップを当てると、マイガーさんは意地でも開けないとばかりに口を閉じた。

だが、バネッテ様は美しい口元をつり上げるとマイガーさんの鼻をつまんだ。

もがくマイガーさんを同情的に見ていた子ども達はサッと視線をそらした。

しばらくすると、パッガボガボっと異様な音を立ててマイガーさんの口にお茶が流し込まれた。

「卑怯《ひきょう》……だ、ぞ」

マイガーさんはその言葉を残して眠《ねむ》りについた。

速効性がありすぎるのではないだろうか？

「マイガーさんは、大丈夫ですか？」

私が心配になって聞けば、バネッテ様はニコニコ笑顔《えがお》を向けてきた。

「疲れが溜まっていたのだろうよ。マイガーは部屋に投げておこう」

子ども達がマイガーさんからどくと、バネッテ様は軽々とマイガーさんを担《かつ》いで部屋に向かって去っていった。

その後ろ姿を見ながら子ども達が呟いた。

「あれ、ヤバイ薬だよな」

「マイガー先生、薬効きづらい体質だって聞いたことある」

「俺、オバケよりバネッテ姉ちゃんの方が怖い」

こうやって、誰《だれ》に逆らってはいけないのかを、彼らは学んでいくのだろう。

一連の騒動《そうどう》が落ち着くと、殿下はまたあくびをしていた。

「殿下も少しお休みになったらいかがですか？」

「俺は君より体力はあるつもりだ」

「ですが、先ほどからあくびをしてらっしゃるので、眠いのかと」

「眠い。だが、今寝たら君より体力がないみたいで悔《くや》しいだろ？」

眠いと感じることと体力は決して比例するものではないんじゃないだろうか？

「新オーナーも少しお休みになってください」

ハンナさんを寝かせて戻って来たモーリスさんがヘニャリと笑う。

「そうですお嬢様。見た感じと気配では、今現在お泊《と》まりのお客様はいらっしゃらないようですし、わたくしと子ども達にお任せくださいませ。支配人と副支配人もお休みになってください。正午にお声がけさせていただきますので、ご安心を」

カローラさんが屈託《くったく》のない笑顔を向けると、モーリスさんは困ったように眉《まゆ》を下げた。

「ありがたい話ではあるのですが、到着《とうちゃく》して直ぐの皆さんにそこまでのことをお任せするのは気が引けると言いますか……」

モーリスさんが軽く頭をかく。

「お気になさる必要はございません。わたくしどもは、バネッテ様の背中の上で眠らせていただきましたので。むしろ……」

カローラさんは流れるような動きでモーリスさんの頬に手を添《そ》えると、親指でモーリスさんの目の下の隈《くま》をなぞった。

「支配人の疲れを癒《いや》して差し上げたい」

カローラさんから漂《ただよ》う甘い雰囲気になんだか見てはいけないものを見た気がして、二人から視線をそらす。

周りも同じ気持ちなのか、二人を視界に入れないようにしていた。

「カローラさんの配慮《はいりょ》には心から感謝します」

モーリスさんの冷静な声に、視線をそらしていた皆《みんな》が視線を戻す。

モーリスさんは苦笑いを浮かべていた。

カローラさんの誘惑《ゆうわく》の攻撃《こうげき》は効いていないようで、モーリスさんは何も解っていないようだった。

「カローラさんも疲れて大変になれば、自分に直ぐに報告してください。報告・連絡・相談は社会人にとって重要なことですから。まあ、父の受け売りですがね」

カローラさんはモーリスさんから手を離《はな》すと、『はい』と小さく頷《うなず》いた。

そんな二人のやりとりを観察していた子ども達のモーリスさんへの尊敬度がかなり上がったことを、その場にいた他のメンバーは知る由《よし》もなかった。

疲れのせいか、外が明るいせいなのかは解らないが、布団《ふとん》に入ると直ぐに眠ることができた。

目を覚ませば、なんだか外が騒がしい。

窓を開いて見れば、どうやらホテルの前でトラブルが起きているようだ。

慌てて現場に向かうと、三人組の男性とカローラさんが対峙《たいじ》している。

「お姉ちゃんが背中流してくれたら許してやるよ！」

「当ホテルでは、そういったサービスは行ってございません」

「はあ？　客に対してなんだその態度は！」

周りで様子をうかがっている子ども達に何があったのか聞けば、彼らが突然《とつぜん》やってきて風呂《ふろ》に入れろと騒ぎ、注意すると対応がなってないとさらに騒ぎ始めたらしい。

他にも町の人達が温泉のことを聞きに来ていたり、ホテルの予約をしに来たお客様達もいて営業妨害《ぼうがい》も甚《はなは》だしい状態だと言う。

私はカローラさんの元へ向かうと、横に立ち頭を下げた。

「当ホテルのオーナーを務めております、ユリアスと申します。何かこちらに不備がございましたか？」

私を見るや否《いな》や、男性達は馬鹿にしたように笑い出した。

「こんな小娘《こむすめ》がオーナーだと？　大丈夫かこのホテル」

「不備だらけだよお嬢ちゃん」

「どう落とし前つけるんだ？」

頭の悪い台詞《せりふ》を並べる男性達の視界の外で、子ども達が殺気を放ちいつでも動けるように腕を回したり準備体操を始めたのは見なかったことにした。

「具体的にどういった不備がございましたか？」

「全部だよ…全部！」

「こんなホテルに泊まろうってやつの気が知れねぇな！」

「金を払《はら》う気になんねぇな！」

その瞬間、カローラさんは最後に話していた人の胸《むな》ぐらを掴《つか》んで持ち上げた。

「お嬢様、お聞きになりましたか？」

「ええ勿論」

カローラさんに持ち上げられた男性は真っ青な顔をして足をばたつかせている。

「お、おい、何やってんだ！」

「このホテルは客に暴力を振《ふ》るうのか！」

騒ぐ男性達にカローラさんは、妖艶な笑みを向けた。

「こちらの方は、お客様ではございませんので」

何を言ってるのか解らないと言いたげな顔の男性達にカローラさんはクスクスと声を出して笑った。

「お金を払う気のない人はお客様ではございません。ただの営業妨害をしてくる迷惑《めいわく》な方、自警団に引《ひ》き渡《わた》して法的に処理いたします」

真っ青な顔で持ち上げられている男性が叫《さけ》ぶ。

「暴力を振るった方が悪いに決まってるだろ！」

「まあ！　わたくし暴力なんて振るっていません。営業妨害をする加害者を捕まえただけのこと。殴る蹴《け》るなどの暴力なんてしていません」

私もニッコリと笑うと、男性達に向かって言った。

「では、そちらのお金を払う気のある方々はどういった不備があったのかを具体的に報告していただけますか？　まさか、貴方方《あなたがた》までお金を払わないつもりではありませんわよね？　ただの営業妨害であれば、たっぷり慰謝料《いしゃりょう》請求《せいきゅう》しなくてはいけませんものね」

プルプル震《ふる》える男性達を見て、心配そうにこちらを見ていた他のお客様達が拍手《はくしゅ》をしてくれた。

アウェイな空気に男性達は分が悪いと思ったのか逃《に》げ出《だ》そうとした。

「逃げるってことは、お客様ではありませんわね」

私の呟きに子ども達が我先にと逃げた男性達を押し倒《たお》し、いい笑顔を私に向けた。

「「カローラ先生、暴れたら正当防衛でボコボコにしていいんだよね？」」

「いたいけな女、子どもが相手なので、この方々の骨が一本や二本や十本や二十本折れたところで暴れたこの方達のせいになりますわ」

「「じゃあ、おじさん達もっと暴れてもいいよ！　ほら早く」」

子ども達の言葉に、男性達は真っ青な顔をして大人しくなった。

「お客様方には、大変ご迷惑をおかけしてしまい申し訳ございません。温泉施設の開店は一週間後からになりますが、ご迷惑をおかけしてしまったお詫《わ》びも兼《か》ねてお時間がございましたら、入浴していかれませんか？　勿論、本日のお代はいただきません。お気に召しましたらご家族やご友人にもおすすめくださいますようお願いいたします」

カローラさんは捕まえていた男性を子ども達に渡すと、他のお客様達を温泉施設に案内していった。

子ども達は男性達を抱《かか》えると自警団に捨てに行ってくると言い出した。

「駄目《だめ》だわ。ちゃんと誰に依頼《いらい》されて営業妨害しに来たのか自警団で吐かせなくては。証人がたくさんいるところで誰に依頼されたかをね。子どもは帰れって言われたら、王子殿下から詳細《しょうさい》を聞いてくるように指示されていると言うといいわ。ホテルには王子殿下が宿泊中《しゅくはく》だとハッキリ伝える。いい？」

「「「はい」」」

子ども達は楽しそうに男性達を担いで自警団に向かって走っていった。

しばらくお茶を飲みながら待っていると、殿下が起きてきた。

先ほどあったことを、世間話のつもりで伝えたら怒《おこ》られた。

「危ないだろ！　そういう時は俺かマイガーを呼べ」

「ですが、カローラさんはうちの店の店長の一番弟子《でし》です。マイガーさんの姉弟子《あね》ですから強いんですのよ！　子ども達もそんなカローラさんの弟子なのでそう簡単にはやられませんわ」

いつもマイガーさんを縄で縛《しば》り上げている店長を思い出したのか、殿下は悔しそうに呟く。

「俺はそんなに頼《たよ》りないか？」

拗《す》ねているのが明白な殿下が可愛く見えてしまったことは秘密だ。

「殿下が頼りないのではなく、カローラさんが頼り甲斐《がい》があるだけですわ」

殿下は言葉を詰《つ》まらせて項垂《うなだ》れた。

「君の家の特殊《とくしゅ》部隊にはどれだけの人数がいるんだ？」

「さあ……」

「主人が把握《はあく》していないのか？」

殿下の理解できないと言いたそうな顔は心外だ。

把握できないのは仕方がないと思う。

だって、最初はカローラさんとマイガーさんだけのはずが、二人が養護施設で勝手に英才教育しているのだ。

はっきり言えば、特殊部隊なんて作った覚えもないのだ。

「とにかく、先ほどの人達は自警団に突《つ》き出しましたので……あっ、すみません殿下」

「なんだ？」

不穏《ふおん》な空気を感じ取ったのか嫌《いや》そうな顔をする殿下に、私は苦笑いを浮かべた。

「そんなに警戒《けいかい》しなくても」

「君が〝すみません〟なんて言う何かがあるのだろ」

「先ほどの営業妨害の加害者の詳細を子ども達に聞いてくるように指示しました際、殿下の命令だと言うように指示してしまいました。ご迷惑でしたか？」

殿下はキョトンとした顔で私を見つめた。

「いや、かまわないが……君なら被害《ひがい》者だから聞く権利があると主張するかと思ったぞ」

言われてみれば、普段《ふだん》ならそう言っていたと思う。

思わず考え込んでしまった。

「……どうやら、ここに来て殿下に甘えてしまう癖《くせ》がついてしまったようです。気をつけます」

真剣《しんけん》に謝ったつもりで顔を上げると、殿下は口元を片方の手で覆《おお》い天を見上げていた。

「殿下？」

私が心配しているのに、殿下は笑うことを我慢《がまん》しているのか腹筋がプルプル震えていた。

「クソ、ニヤける」

殿下が何か呟いていたが聞き取れなかった。

私達がそんな話をしていると、子ども達が帰ってきた。

屈強《くっきょう》な男性を三人引き連れてだったが。

「自警団の人がルド兄ちゃんに直接報告したいって」

「『だから、連れてきた』」

軽いノリの子ども達とは打って変わって、自警団の人達はガチガチに緊張しているのが見てとれた。

「自警団で隊長をさせていただいています！　ロズモンドと申します。この度はお日柄《ひがら》もよく……」

話が長くなりそうだと思った瞬間、殿下が口を開いた。

「前置きはいい、何故《なぜ》営業妨害に来たと言っていた？」

自警団長は大きく深呼吸をした。

「やつらの言い分では、『金を積まれて頼《たの》まれた。上手《うま》くできたらさらに金がもらえる。顔はマントのフードを被《かぶ》っていて解らないが、男だった』と言っています」

ありきたりな展開である。

何故、怪《あや》しい人物からの依頼を受けようと思うのか？

自警団に引き渡される未来など容易に想像できるだろうに。

目先の利益しか考えないと、逆に損してしまうことだってあるのだ。

「フードの男を捕まえればいいのか」

「もしや、フードの男に心当たりがおありなのですか？」

殿下の呟きに自警団長は瞳を輝《かがや》かせた。

「いや、まったく心当たりはない」

明らかにがっかりする自警団長に殿下は怪しい笑顔を向けた。

「とりあえず、営業妨害してきた男達を逃《のが》して泳がせればいい。上手くできたらさらに金がもらえると言っていたなら、確実に接触《せっしょく》してくるだろ？」

「それで逃げられてしまったら、ダサいですわね」

私が殿下に笑顔を向けると、殿下はフンッと鼻を鳴らした。

「君の特殊部隊も凄いが、俺だってやる時はやるぞ」

殿下の言葉にいち早く手を上げたのは子ども達だった。

「マイガー先生に尾行《びこう》の仕方習ってるよ」

「俺も得意！」

「マイガー先生を尾行できたことないけど、普通《ふつう》の人なら簡単だよ！」

おかしい。

一般《いっぱん》的な知識を教えるためにマイガーさんを先生にしていたはずなのに、子ども達は知らないうちに職業訓練ではなく、特殊部隊の訓練を受けている。

「冗談《じょうだん》で言っていたつもりだったのだが、ノッガー伯爵家には本当に特殊部隊が英才教育されている」

殿下が完全に引いた顔をして呟いた。

私だって驚いていることに気づいてほしい。

「ルド兄ちゃん、違《ちが》うよ！　特殊部隊の教育じゃなくて、尾行は万引き犯を現行犯で捕まえるために教わるんだよ」

「万引き犯のグループだったりしたら、尾行するしね」

「〝万引きは犯罪です！　駄目！　絶対〟が合言葉だよ」

なんだか、三人の成長に母親のような気分で嬉しくなってしまう。

「だが、危ないかもしれないしな」

渋《しぶ》る殿下を囲んで『尾行したい』と騒ぐ三人。

彼らは子どもと言っても確か十五歳なので、頼めないことはないが、対象者に顔を見られているので、尾行には向かないと思う。

「貴方達はホテルの方に集中してほしいわ。尾行はマイガーさんに頼みます」

「「「え〜」」」

「貴方達を信用していないわけではないのです。ただ、貴方達は彼らに顔を見られているでしょう。顔を見られていないのは殿下とマイガーさんとバネッテ様ですわ。その中で尾行ができそうなのはマイガーさんだけですから」

私の説明に殿下と子ども達は気まずそうな顔をした。

「どうかしましたか？」

私が首を傾げると、殿下が一つ息を吐いた。

「マイガーは、一服盛られて夢の中から帰ってきていない」

唖然《あぜん》とする私を見て、殿下は私から視線をそらした。

「バネッテ様に聞いたら、夕方まで目覚めないらしい」

どれだけ強い薬を盛られたと言うのだろう。

その時、ホテルのドアが開いた。

見れば綺麗《きれい》な女性が二人……ではなく、私の護衛のルチャルとバリガだった。

「あ、適任者が帰ってきた」

殿下の言葉に、二人が嫌そうな顔をした。

「報告しに帰っただけなのですが、何をさせる気ですか？」

変装用に女装しているせいか、殿下を睨《にら》むバリガが美しくて絵になる。

「二人に尾行を頼みたい。対象は営業妨害に来た男達だ」

殿下の指令を聞いた瞬間、ルチャルとバリガが私に近づき、心配そうにする。

「『お怪我《けが》などございませんか？』」

美人な二人の眉の下がった顔は、いっそ神々《こうごう》しく見えた。

「大丈夫ですわ」

私の一言に安心したように息を吐いて、二人は殿下を睨む。

「ユリアス様を危険に晒《さら》したくないので、その命令はお断りいたします」

「僕らの最優先任務はユリアス様の護衛ですよ」

バリガは丁寧《ていねい》に、ルチャルは笑顔を張りつけて殿下に言ったが、目が笑っていなくて迫《はく》力《りょく》が凄い。

「我《わ》が儘《まま》を言ってすみません。お二人が私を心配してくださって本当に嬉しいのですが、尾行をお願いできませんか？　ちゃんと大本の犯人を捕まえないと慰謝料請求……じゃなくて、安心してホテルの経営ができないではありませんか？」

私が二人を見つめると、二人は力強く頷いた。

「「了解《りょうかい》しました」」

二人が二つ返事で了承《りょうしょう》すると、殿下は納得《なっとく》いかないような顔をしていた。

「俺が依頼してユリアスの護衛につけているんだから、お前達は俺の部下だろ？」

二人は殿下を嫌そうに見た。

「だから、潜入調査《せんにゅうちょうさ》してきたじゃないですか」

「王子殿下は人使いが荒《あら》いですよ」

バリガもルチャルも文句があるようだ。

「とにかく、自警団長様と打ち合わせして、尾行をお願いします。尾行して、フードを被った男を捕まえるのが任務です」

二人は私の言葉に顔を見合わせた。

「アイーノ伯爵家に出入りしている人間の中にもフードを被った男がいます」

「捕まえて、アイーノ伯爵家との繋《つな》がりを証言させられれば、僕らの勝ちですか？」

勝ちかどうかは解らないが、慰謝料請求はできると思う。

「やっぱりアイーノ伯爵家が絡《から》んでいたか。アイーノ伯爵家にユリアスは何をしたって言うんだ」

殿下が憤《いきどお》りを見せると、護衛二人も憤りを見せた。

「ユリアス様のせいではなく、ご自分のせいとは考えないのですか？」

「無自覚モテ男子ウザ」

ルチャルのは悪口だと思う。

「俺のせいなのか？」

慌てる殿下を呆れ顔で見る二人は冷ややかだ。

「調べた結果では、アイーノ伯爵令嬢《れいじょう》はユリアス様にとって代わるつもりでいるみたいです」

「王子殿下がユリアス様に『俺と国を経営しないか？』などというプロポーズをしたばかりに、経営の手腕《しゅわん》があればユリアス様である必要はないと思っている女性が多いと言っているみたいで、このホテルの経営でユリアス様に失敗してほしいそうです」

殿下の眉間《みけん》に深いシワが寄る。

「王子殿下はユリアス様の経営手腕に惚《ほ》れているだけと、使用人に話しているとの情報も得られました」

「ユリアス様に経営手腕は多少劣《おと》るかもしれないが、経営の手腕と可愛さを兼ね備《そな》えている自分を王子殿下なら選んでくれるはずだとも言ってるみたいですね」

初めて会った時から少し話の通じない相手なのではないかと薄々《うすうす》感じていたが、ポジテイブ思考の思い込みの激しい子みたいだと思った。

「別に俺はユリアスの経営手腕だけで婚約者《こんやく》になってもらったわけではない。心外だ」

殿下はムッとした顔をしながら私の手をギュッと握《にぎ》った。

「愛してるからな」

突然の愛の告白に、顔が熱くなるのを感じた。

「ひ、人前で何を言っているのですか！」

恥《は》ずかしすぎて手を振り払おうと、摑まれた手を振り回したのだが殿下にしっかりと摑まれていて離してもらえない。

「誤解されるよりマシだ！」

こんなところで男らしさを発揮しないでほしい。

「……誤解しませんから、手を離してくださいませ」

両手で顔を覆ってしまいたいのに、手を離してもらえないせいで無理だ。

仕方がないので顔を隠《かく》すように蹲《うずくま》った。

「「ユリアス様、可愛い!!」」

護衛二人の声は無視することにする。

とにかく、手を離してほしいのに、殿下は手を離してくれるどころかさらににぎにぎと私の手を握りしめる。

隙《すき》を突いて手を引き抜《ぬ》くしかないと思いチラッと顔を上げると、殿下は蕩《とろ》けそうな緩んだ笑みを浮かべていて、グッと息が詰まる思いがした。

しかも、フリーズする私の指先に殿下はチュッと音を立ててキスをした。

「ヒャッ」

小さな悲鳴が口から出てしまう。

「このホテルに来てから、ユリアスが可愛すぎるんだが」

幸せそうな殿下は甘い空気で私を包み込もうとする。

誰かに助けを求めなくてはと思い周りを見れば、護衛二人は私を微笑《ほほえ》ましげに見ているし、子ども達はこっちを見ないように窓の外を無理やり見ているし、自警団長達はバカップルを見るような目で空気にでもなろうとしているようだ。

助けてほしいのに、助けてくれそうな人がいない。

「よし、俺がユリアスを好きで仕方がないと言ったようなオーラをこれから出していけば、ユリアス以外婚約者になり得ないと周りも解ってくれるはずだ」

「待ってください！　好きで仕方がないオーラとは、何をするおつもりですか？」

「何って……」

殿下がゆっくりと繋いだ手を見る。

常に手を繋ぐとか言ったら、私は無理だ。

「殿下、この短時間人前で手を繋ぐだけで私は耐《た》えられそうにないのですが」

殿下は首を傾げる。

「手を繋ぐだけで耐えられないと、できることがほとんどないだろ？」

言われてみたら、人様に見ただけで好きだと解る行動など一切《いっさい》浮《う》かばない。

「人前でなら、プレゼントとかじゃないですか？」

ルチャルがそうだと言わんばかりに言うと、周りが名案だと頷く。

「いや、ユリアスの喜ぶプレゼントなんて外交手形や契約《けいやく》書類や独占《どくせん》権利書とかだぞ。それでは政略結婚《けっこん》に見えてしまわないか？」

ルチャルは私を残念な者を見るような目で見ながらため息をついた。

失礼ではないだろうか？

「殿下がプレゼントしなくても、ドレスやアクセサリーなら商家の息子《むすこ》はユリアス様に勝手に貢《みつ》ぎますから必要もないでしょうしね」

バリガの言葉に、殿下の眉間にまたシワが寄る。

「初耳なんだが」

「新デザインや珍《めずら》しいデザインのドレスやアクセサリーは、売れるかどうかの相談をしたいとおっしゃってプレゼントしてくださる人達がいますわ」

プレゼントしたドレスやアクセサリーを私がパーティーやお茶会で身につけたら売れる

という都市伝説があるから、気に入った物だけ身につけてほしいと手紙を添えられていることが多い。

だからこそ、ドレスやアクセサリーに対しての執着《しゅうちゃく》が薄い自覚はある。

売れるデザインなら両方興味があるけど。

「ユリアスはモテるからな……」

「殿下に言われたくないのですが」

私のはただの商業的な意味合いがあるもので、殿下は純粋《じゅんすい》な好意から来るものだ。

〝モテる〟という定義であれば、殿下と私では天と地ほどの差があるに違いない。

「一番簡単なのが手を繋ぐだ。ユリアス諦《あきら》めて慣れろ」

殿下との仲を疑われないようにするためだと思えば……恥ずかしいけど頑張《がんば》らなくては。

私はいまだ繋いだままの殿下の手をキュッと握り返した。

その時の私は、自警団長達が町で『王子様は婚約者にメロメロだ』と喋《しゃべ》った影響《えいきょう》でこの話が広まるなんて思っていなかったのである。

証拠を集めて勿論……

ルチャルとバリガが尾行《びこう》役をしている中、子ども達は新しい遊びを取り上げられて不満顔だったが、やがて興味は新装開店のお店を自分達が仕切れる責任感とうつっていった。

私が子ども扱《あつか》いしてしまっているだけで、彼らは十五歳で私と三つほどしか変わらないのだから、これから直《す》ぐに立派な従業員になるだろう。

あと、問題があるとすれば自警団の皆様《みなさま》がルチャルとバリガを女性だと信じて疑わないことは夢を見せてあげ続けた方がいいのか……決して面白《おもしろ》いからとかそう言ったたぐいの話ではない。

二人の宣伝効果を狙《ねら》ったりなどもしていない。

ただ、二人に似合う服を大至急『アリアド』からバネッテ様に輸送してもらったのは作戦のためである。

最近二人に着てもらう服が売れるので、ホテルの一角を借りて作った『アリアド支店』に置くための商品の広告塔《こうこくとう》にしようなどとは一切《いっさい》考えていない。

信じてほしい。

まあ、殿下《でんか》はかなり呆《あき》れた顔をしていたが、信じてくれているはずだ。

話を戻《もど》すが、自警団の人達がルチャルとバリガに尾行させると言ったら、ものすごく反対された。

可憐《かれん》な女性には危ないからだと、説得してくる自警団員さん達にルチャルは笑顔《えがお》を向けた。

「えっ？　喧嘩《けんか》売ってる？」

ルチャルはどうやら怒《おこ》っているみたいで、可憐な女性がと言っていた人を数人投げ飛ばしていた。

バリガも花束を持ってきたイケメン団員さんを睨《にら》みつけていた。

「ユリアス、二人が女装だと言わなくていいのか？」

心配そうな殿下をよそに、バリガが差し出された花束の花を無言で引きちぎっている姿はカオスとしか言いようがない。

「バリガさん、お花は大切に」

「失礼しました」

反省してくれたかと思いきや、残りの花束をイケメン団員の顔面に叩《たた》きつけていたのは、見なかったことにした。

「皆さんが心配する必要はありません。二人は私が信頼《しんらい》を置く護衛ですので」

私の言葉に、護衛二人が感動したような顔をした。

バリガに至っては、感極《かんきわ》まって涙《なみだ》が浮《う》かんでいる。

「「ユリアス様、ご安心を！　必ずやフードの男を捕《つか》まえて参ります！」」

「とっても、頼《たの》もしいです。よろしくお願いしますわね」

私が笑顔で頼むと、二人は気合いを入れて出て行った。

「ユリアス、君は魔性《ましょう》の力を持っているんじゃないよな？」

魔性の力？　そんなお金になりそうな力があったら、普段《ふだん》から活用している。

「自覚がないのか……」

殿下は安定の呆れ顔になった。

なんだか解《わか》らないが、失礼ではないか？

「そんな力があるなら、自分が不安にならないぐらい殿下をメロメロにしています」

口を尖《とが》らせて不貞腐《ふてくさ》れたように呟《つぶや》いた言葉を殿下は聞き取ったようで、両手で勢いよく顔を覆《おお》ってしまった。

なんだか痛そうである。

「だ、大丈夫《だいじょうぶ》ですか殿下？」

「魔性!!」

何故《なぜ》か怒った口調で言われた。

私は心配しているっていうのに、解《げ》せない。

しかも、自警団員の皆さんに生暖かい眼差《まなざ》しを向けられたのだった。

二人がフードの男を探している間の時間がもったいないのでホテルに戻ってきて、宿《しゅく》泊者《はくしゃ》リストにのっている方々にリニューアルのお知らせの手紙を書くことにした。

自警団から自警団長と数名が立ち合いのために来てくれていて、暇《ひま》そうだったので手伝ってもらったのは、私の優《やさ》しさであって他意はない。

ちゃんと内職代を出すと伝えてあるのでタダ働きとかではない、誤解はしてほしくない。

そんな和気藹々《わきあいあい》と作業をこなしていると、カローラさんが来客を知らせに来た。

「アイーノ伯爵令嬢《はくしゃくれいじょう》とおっしゃる方が訪ねてこられたのですが」

どうやら敵情視察に来たようだ。

「知り合いですので、ここにお通ししてくれる?」

「かしこまりました」

カローラさんは軽《かろ》やかに部屋を後にし、アイーノ伯爵令嬢を連れて戻ってきた。

「ノッガー先輩《せんぱい》、遊びに来ちゃいました～」

アイーノ伯爵令嬢はキョロキョロと部屋の中を見渡《みわた》しながら、現れた。

「遊びに来てくれたのは嬉《うれ》しいのだけれど、今、ホテル・チャロアイトは新装開店の準備で営業していないんですの。営業再開したら案内して差し上げますわね」

私が穏《おだ》やかに言えば、アイーノ伯爵令嬢は首を横に振《ふ》った。

「あ、このホテルって幽霊《ゆうれい》出るじゃないですか！　怖《こわ》いので、案内とかは大丈夫です！　そんなことより、町で人気のスイーツのマカロンを買ってきたので、お茶にしませんか？」

そう言って、アイーノ伯爵令嬢はわざわざ殿下のところまで行って、殿下に手土産《てみやげ》のマカロンの包みを手渡した。

あからさまに殿下にアピールしに行ったのが、誰《だれ》の目から見ても明らかである。

強引《ごういん》に渡されたマカロンの包みを抱《かか》えて、殿下は困ったように眉《まゆ》を下げながらお礼を口にした。

「あ、ああ、ありがとう」

殿下のお礼の言葉にアイーノ伯爵令嬢は頬《ほお》を染めて嬉しそうに笑った。

なんとも可愛《かわい》らしい笑顔を向けるアイーノ伯爵令嬢に愛想笑《あいそわら》いを浮かべる殿下を見て、なんだかモヤモヤとした気持ちが湧《わ》き上《あ》がる。

「じゃあ、ユリアス、休憩《きゅうけい》にするか？」

殿下が私の気も知らずに、マカロンの包みを私に差し出した。

彼女の言いなりになることがいささか釈然《しゃくぜん》としないまま、お茶の準備のために部屋を出ようとすると、私がドアノブを掴《つか》む前にノックする音が響《ひび》いた。

直ぐにドアを開けると、部屋の前にはお茶とお茶菓子《ちゃがし》の乗ったカートが置かれていた。

いや、置かれていたのではなくて幽霊従業員のどちらかが用意してくれたのだ。

「お茶の準備ありがとうございます」

私がお礼を言うと、カートがひとりでに動き部屋の中にゆっくりと入っていった。

壁《かべ》に血文字が浮かび上がらないところを見ると、ジョゼフさんの方なのだろう。

幸い、部屋の中にいた人達には自動で動くカートを見られることはなかった。

私は人数分のお茶を淹《い》れて、休憩してもらっている間、アイーノ伯爵令嬢は積極的に殿下に話しかけていた。

徐々《じょじょ》に迫《せ》り上がってくるモヤモヤを意識しないようにしながら、私もお茶を一口飲んで心を落ち着ける。

「ユリアス」

突然《とつぜん》殿下に声をかけられて、慌《あわ》てて殿下の方を向くと殿下は私の口元にマカロンを押し当てた。

「これ、甘すぎないか？」

要するに、味の感想を求められているのだと気づき、押し当てられたマカロンを齧《かじ》ると、甘みが口いっぱいに広がり、申し訳程度にベリーの匂《にお》いがした。

「これは、改良の余地がありそうですわ」

「だよな」

殿下はそう言って、私の食べかけのマカロンを口に放り込んだ。

唖然《あぜん》とする私をよそに、殿下は腕《うで》を組んで悩《なや》んでいる。

「これ、もったいないよな。もっと砂糖減らしてベリーを増やせばもっと旨《うま》くなるだろ」

「で、殿下、私の食べかけを食べてしまうのはどうかと思うのですが」

殿下はキョトンとした後、顔を赤らめて口元を手で覆った。

「す、すまない。あまりにも残念な味で同意を求めたくなって、あまり考えていなかった」

明らかに動揺《どうよう》している殿下が可愛くて、さっきまでのモヤモヤが薄《うす》れていった。

「私以外の方にされては、セクハラになってしまうので気をつけてくださいませ」

私が笑いを堪《こら》えながら言えば、殿下がコホンと咳払《せきばら》いをした。

「ユリアス以外にやるつもりはない。人前でしないように気をつける」

私が言いたいのは、そういうことではない。

自警団の人達に、生暖かい目で見られていたたまれない。

アイーノ伯爵令嬢の方を見るのが怖い。

「ノッガー先輩、王子様に食べさせてもらったりお土産が甘すぎるって文句言ったり、酷《ひど》すぎます！　王子様を私にとられそうだからって……酷い」

アイーノ伯爵令嬢はそう言って立ち上がった。

その瞬間《しゅんかん》、テーブルに置いてあったマカロンの箱が床《ゆか》に落ちた。

もったいなく思いながら拾おうとした瞬間、床に散らばった箱とマカロンが勝手にカートの上に集まりカートごと部屋を出て行った。

私と殿下以外は勝手に去っていったカートに震《ふる》え上がった。

「嘘《うそ》！　幽霊！」

アイーノ伯爵令嬢はそう叫《さけ》ぶと、殿下に抱《だ》きつこうとして転んだ。

決して、殿下が避《よ》けたわけではない。

「ま、まだ幽霊がいて転ばせたのよ！　幽霊を操《あやつ》って転ばせるなんてノッガー先輩酷い！」

そう言って、アイーノ伯爵令嬢は走って逃《に》げていった。

「何故、私が転ばせたことになったのでしょうか？」

私は理解できずに首を傾《かし》げた。

一連の出来事を見ていた自警団長が呆れたように呟いた。

「勝手に来て、お土産を渡《わた》してイチャイチャを見せつけられた腹いせにお土産をひっくり返して濡《ぬ》れ衣《ぎぬ》を着せて去っていったって感じですかね？」

的確な第三者の意見がありがたい。

「それに、さっきの幽霊は床に落ちたマカロン片づけただけだよな？」

「勝手に転んだのを幽霊のせいにするのはよくないよな」

他の自警団員さん達も、突然出てきた時は怖がったが、彼女がヒステリーを起こしただけで、幽霊は何も悪くないと言ってくれてなんだか嬉しくなった。

「皆さん、ありがとうございます」

私がお礼を言うと、その場は和《なご》やかな空気に包まれたのだった。


護衛の二人が出ていってから半日が過ぎたところで二人は無事に帰ってきた。

フードの男をバリガが担《かつ》いで連れてきたことで、自警団員さん達がザワザワしていた。

「美しいお嬢《じょう》さんが、男を軽々担いでる～」

「そんな姿も美しい」

などの言葉を呟かれていたが、バリガは鋭《するど》くそちらを睨むだけだった。

「簡単に捕まりましたよ、ユリアス様」

ルチャルが楽しそうに報告してくれた内容は、三人のゴロツキを尾行すると直ぐに冒険《ぼうけん》者ギルドに併設《へいせつ》している酒場でお酒を飲み始めたらしい。

そして、しばらく観察していると一緒《いっしょ》に飲まないかと声をかけられた。

一緒に飲んでいた方がフードの男が現れた時に捕まえやすいと考えた二人は、奢《おご》ってくれるならと言って快くその誘《さそ》いに乗った。

それからすぐに、今担いでいる男がやってきた。

「ホテルはどうだった」

フードの男の言葉に、ゴロツキ達は難色を示した。

「あのホテルには手を出さない方がいいんじゃないか？」

「ゴリラみたいな姉ちゃんがいるしな」

「俺は降りるぞ。顔覚えられたから、直ぐに自警団に突《つ》き出《だ》されちまう」

どうやら、ゴロツキ達は改心しているようだ。

「ふざけるな。お前らにいくら出したと思ってるんだ。成果を出すまで働け」

フードの男の言い分はブラック企業《きぎょう》の考え方だ。

成功報酬《ほうしゅう》の話をしておいて、それ以前の過程の話は大してしていない。

失敗した時の話をしていなかったのなら、怒る理由にはなり得ないのだ。

「金をもらっておいて、成果を出せないですむか！」

ゴロツキ達はハーッと息を吐《は》いた。

「言っとくが、ホテルで難癖《なんくせ》つけて営業妨害《ぼうがい》はしたんだ」

「ただ、ホテルのオーナー対応が凄《すご》くて大した妨害にならなかっただけだろ。言われたことはしたぞ」

「何もしてなくて文句言われるなら解るが、言われたことはした」

ゴロツキの言葉はもっともである。

「作戦考えたそちらがポンコツだっただけじゃないですか〜」

ルチャルはそう言ってフードの男を挑発《ちょうはつ》した。

「女だからって調子に乗るなよ！」

そう言ってルチャルに摑みかかろうとしたため、バリガがフードの男を後ろから羽交《はが》い締《じ》めにした。

「男だからって、調子に乗るなよ」

と言いながら、ルチャルが数回お腹《なか》を殴《なぐ》るとフードの男は失神したので、バリガが担いで連れてきたらしい。

フードの男の年齢《ねんれい》は四十代前半ぐらいに見えるが、そんなに殴って大丈夫なのだろうか？

「死ななければ大丈夫ですよね？」

女装姿で可愛いルチャルが心配そうに聞いてくる。

周りもこんなに可愛いルチャルが言っているなら仕方ないか！　という雰囲気《ふんいき》になった。

「瀕死《ひんし》は駄目《だめ》だろ」

殿下だけが、何か呟いていたが声が小さすぎて聞き取れなかった。

「でも、失神している人から証言を取るのは大変では？」

私の言葉に、バリガがいい笑顔で失神している男を椅子《いす》に座らせ縄でぐるぐる巻きにしだした。

「ユリアス様、大丈夫です。こうして体の自由を奪《うば》って水をかければ、大抵《たいてい》の者は目を覚ましますす」

美しい女性にしか見えないバリガの流れるような手際《てぎわ》の良さに、自警団員の皆さんも顔色が悪い。

「なんでもお好きな証言を取ってみせますが、どうしますか？」

鬼気迫《ききせま》る表情に後退《あとずさ》りしそうになりながら、私は笑顔を作った。

「お好きな証言はいらないわ。真実を知りたいだけですから」

「そうですか？　……水、汲《く》んできますね」

バリガは残念そうな顔をしてからバケツに水を汲んで持ってきた。

勝手にコップ一杯《ぱい》ぐらいのお水を想定していたせいで、かなり驚《おどろ》いてしまった。

「ユリアス様が濡れてはいけないので、離《はな》れていてください」

バリガに促《うなが》されて部屋の外に出ると、バシャンと水がぶつかる音が響いた。

部屋の中はだいぶ水浸《みずびた》しで、掃除《そうじ》が大変そうだ。

地下の温泉施設《しせつ》で起こしてもらえばよかったと少し後悔する。

だが、それだけのことをしたおかげか、フードの男は目を覚ました。

「ここは？」

「ホテル・チャロアイトですよ」

可愛くルチャルが教えてあげると、フードの男はガタガタと椅子を揺《ゆ》らして暴れ出した。

「俺は何もしてない！　なんでこんなことされなくちゃいけないんだ！」

彼の主張は間違《まちが》っていない。

「私の護衛がごめんなさい。でも、貴方《あなた》にお会いしたくて」

「はあ？　誰だお前」

瞬間的にバリガが男の髪《かみ》の毛《け》を掴んだ。

「誰に向かってお前と言った？」

バリガの地を這《は》うような低い声に自警団員の皆さんまで震え上がっている。

「バリガさん、大丈夫ですわ」

「ですが、私にとってユリアス様は永遠の女神《めがみ》。そんな女神をお前などと」

バリガの摑んでいる髪の毛が抜《ぬ》けそうなぐらい引っ張られている。

「そ、それ以上やったらハゲちゃうわ！　さあ、落ち着いて、手を離して深呼吸」

バリガは髪の毛から手を離すとゆっくりと深呼吸をした。

「取り乱してしまい、申し訳ございません」

反省しているバリガの横でルチャルがフードの男の頰を突《つつ》いていた。

「僕達、君の上司の名前が知りたいんだよね！　教えてくれる？」

フードの男は鼻で笑う。

「誰が言うものか」

フードの男が強気にそう答えた瞬間、部屋の扉《とびら》が豪快《ごうかい》に開いてけたたましく閉じた。

明らかに勝手に開いて勝手に閉じたドアに、フードの男と自警団の皆さんが目を大きく見開いた。

そして、ゆっくりと壁に血文字が浮かび上がった。

『洗いざらい話してください』

何度見ても、この血文字は怖いと思いながら、フードの男を見ると顔色は真っ青になっている。

自警団の一人が泡《あわ》を吹いて倒《たお》れたのは見なかったことにした。

そんな中、ルチャルはニコニコ笑いながら、穴が開きそうな勢いで男の頰を突く。

「ねぇ？　言わないの？　僕は別にいいけど、さっきあんたの髪の毛引っ張った人は手加減してくれないよ！　女神の言うこと以上の結果を出したがる人だよ。それに、さっき入ってきたのは……人でもないから何をするか僕には全然想像もつかない。家族ごと呪《のろ》われたりとかしたら怖いから、僕なら直ぐに吐いちゃうけど、あんたは家族と上司、どっちが大事？」

ルチャルは突いていた頬を今度は優しく撫《な》でた。

「ここで喋《しゃべ》ったら、自警団の人に助けてもらえるかもしれないし、このホテルの幽霊は普通《ふつう》にしていたら絶対に呪うような危ない幽霊じゃないから許してくれると思うけど」

ルチャルの言葉に、血文字が姿を変えていくのが解った。

『話してくれるなら、許します』

空気を読んだ血文字がとてもありがたいアシストをしてくれた。

「……僕なら幽霊より髪の毛引っ張った人の方が怖いけど、あの人最終的に何すると思う？　僕はあの人の相棒だけど、何しちゃうんだろ？　想像もつかないよ！　あ、ちなみになんだけど、足に錘《おもり》つけて泳いだことある？」

自警団の皆さんがルチャルとバリガを交互《こうご》に見ながら、部屋の隅《すみ》に固まってプルプル震えている。

「今、話す？　女神信者に引き渡してから話す？　それとも呪われちゃいたい？　ねぇ、どれがいい？」

フードの男は真っ青になりながら叫んだ。

「今話す！　アイーノ伯爵の指示だ！　だから、殺さないでくれ！　俺には妻も子どももいるんだ！」

怯《おび》えるフードの男にルチャルは口を尖らせてみせた。

「えっ？　僕殺すなんて一言も言ってないよ！　ね、そうでしょ」

ルチャルの言葉にフードの男はアワアワと口を動かしていたが、やがて項垂《うなだ》れた。

「ルチャルさんったらドSの素質が……」

「ユリアス様、違いますよ！　あの人に習いました」

ルチャルは殿下を指差した。

予想外な人物に私が驚くと、殿下は深いため息をついた。

「ユリアス、騙《だま》されるな。ルチャルもユリアスをからかうな」

えっ、私騙されてる？

慌ててルチャルを見れば、ニヤリとつり上がった口元を両手で隠《かく》していた。

その仕草が可愛いのが、なんだか女性として負けたような気になる。

気を取り直して、私はフードの男の肩《かた》をポンと叩いた。

「貴方はアイーノ伯爵の指示だとおっしゃいましたけど、指示は口頭でしたか？　それとも書面ですか？」

　項垂れていたフードの男は力なく私を見る。

「何故そんなことを聞く？」

　不安そうに瞳《ひとみ》を揺らすフードの男に私は心配そうに聞こえる声で優しく伝えた。

「それは勿論、貴方を助けたいからです。貴方がこちらに捕まったと知れば、証拠隠滅《いんめつ》に貴方の命を狙うかもしれませんわ。殺されたくなくて仮に貴方が私達に力を貸して証言をしてくださっても、貴方の存在など知らないと言われたら証拠として認められないかもしれません。けれど、書面が残っているなら貴方を守ることができます。書面でなくてもいいのです。証拠になるものをお持ちではありませんか？」

　さも、貴方を守らせてほしいという顔で証拠の有無《うむ》を確認《かくにん》すれば、彼は懐《ふところ》から書類を取り出した。

「依頼《いらい》は書面で、達成したらアイーノ伯爵家の調査団がそれを確認して達成印をつけてくれる。その印のついた書類をアイーノ伯爵に渡すことによって金が支払《しはら》われるんだ」

　彼は不安そうに私を見つめた。

「これで助けてくれるか？」

「安心してください。これがあれば……フフフ、フハッアハハハ」

　思わず高笑いをする私を見て、彼は顔色悪く泣きそうな顔をした。

「ユリアス、悪いオーラが隠しきれていないぞ」

殿下は何故か残念な者を見るような目で私を見ていた。

「申し訳ございません。思わず笑いが込《こ》み上げてしまいましたわ。ですがこれで、私を騙し幽霊の出るホテルを掴ませ、そのホテルの再建を試みれば営業妨害してくるような方を追《お》い詰《つ》めることができますわ」

私はニッコリと笑顔で宣言した。

「私に喧嘩を売ったんですもの！　勿論、慰謝料請求《いしゃりょうせいきゅう》いたします！」

殿下はフーッと息を吐いた。

「言うと思った」

私の心を読むのはやめてほしい。

「あっ、それと貴方」

私はフードの男を見て言った。

「奥様《おくさま》とお子さんがいるのでしたらもっと安全な仕事をなさった方がいいわ！　ということで、うちのホテルで働かない？　うちのホテルの従業員って若い子しかいなくてお客様を不安がらせてしまうがもしれないと思っていたの。貴方ぐらいの年齢の方が働いてくれると凄く助かるわ。無理にとは言わないけど、いかがかしら？」

私の言葉に、フードの男はボロボロと泣き出した。

「ユリアス、何泣かせてるんだ！」

「何か、気にさわりましたか？」

フードの男は泣きながら私に頭を下げた。

「ありがとう……ありがとうございます。誠心誠意働きます」

なかなかいい人財を見つけたようだ。


あの後ホテルに戻ると、モーリスさんが慌ててやってきた。

温泉施設を体験した人達の口コミのおかげで、予約がさらに増えたのだと言う。

新しく従業員になった、フード男ことジャンさんをモーリスさんに紹介《しょうかい》すると凄く喜んでくれた。

「これから、よろしくお願いします」

モーリスさんがジャンさんの手を両手で強く握《にぎ》って笑顔を向けると、ジャンさんはまた号泣《ごうきゅう》していた。

「今は従業員がたくさんいてくれた方が助かりますから。凄く有難《ありがた》いです。ジャンさん、頼《たよ》りにしてますよ」

モーリスさんの人のよさのおかげで、ジャンさんも直ぐに打ち解けられそうだ。

「オーナー、温泉施設の口コミだけでこの予約数の伸《の》び率ですから、これから確実に忙《いそが》しくなります。ですので、もう少し従業員を増やしたいと考えてます」

「私もそう思います。増やしすぎてお給料が払えないなんてことにならない程度に増やしたいですわね」

私達の話を聞いていたジャンさんが言いづらそうに口を開いた。

「俺は、凄く運がよくて雇《やと》ってもらえたことは解っているのですが、俺の知り合いにも職を探しているやつが何人かいるのですが、雇ってもらえないでしょうか？」

ジャンさんは駄目だと解っていますと言って頭をかいた。

「それは、駄目です」

「……そ、そうですよね」

私は優しくジャンさんの背中を撫でた。

「特別《とくべつ》扱いは駄目です。きちんと面接をした上で考えさせていただきたいので、お友達に面接を受けるかどうかを確認してください」

「……は、はい！　チャンスをくださってありがとうございます！」

ジャンさんは本当に涙脆《なみだもろ》いようでまた大号泣していた。

でも、これで従業員の心配はなくなったように思った。

翌日、昨日の疲《つか》れからか幽霊を意識することもなく、ぐっすり寝《ね》てしまった。

朝食ができたことを知らせに来てくれたハンナさんと食堂に向かっていると、ホテルのエントランスが騒《さわ》がしいことに気づいた。

困ったような顔の殿下がエントランスの方を指差した。

「俺に用があるみたいなんだが、追い出してきていいか？」

殿下のうんざりしたような顔に、私は笑顔を向けた。

「殿下はしばらくお待ちください。ホテルの従業員としての対応をするいい機会かもしれませんから」

殿下は不服そうにハーッと息を吐くと私をギュッと抱きしめた。

「危ないと思ったら、すぐに呼べ。あと、我慢《がまん》できなくなったら出て行くからな」

バナッシュさんの時は〝助けてくれ〟と言っていた人が、今は私の心配をしてくれている。

その事実だけで、なんでもできてしまいそうな力が湧き上がってくる気がした。

決意を新たに、朝も早い時間から騒いでいるのは何事かと思いエントランスに向かうと、アイーノ伯爵と令嬢のミッシェルさんが従業員である子ども達に何やら怒鳴《どな》っていた。

「娘《むすめ》から聞いたが、幽霊ホテルに王子殿下を騙して監禁《かんきん》しているそうじゃないか！　いいから早く王子殿下を解放しろ！　訴《うった》えられたくなければさっさと王子殿下を連れてこい！」

怒鳴っている内容から、ミッシェルさんが父親であるアイーノ伯爵に、自分に都合のいいことを言って、連れてきたのが解った。

「そう、言われましても、当ホテルでは早朝からアポイントメントもない方を、お客様の許可なくご案内するわけにはまいりませんので、どうぞアポイントメントをお取りになってからのご来訪をお願いしております」

クレーマーに対する対応も訓練もきちんとこなせていて、なんだか鼻が高い気分だ。

「お前みたいな若造では話にならんな！　責任者を呼んでこい」

アイーノ伯爵が対応をしていた彼を突き飛《と》ばした。

「何か不手際《ふてぎわ》がございましたでしょうか？　ホテル・チャロアイトでオーナーをさせていただいております。ノッガー伯爵家長女ユリアスと申します」

見かねて、私が声をかけるとアイーノ伯爵は小さく呟いた。

「今度は小娘のお出ましか」

呟くなら聞こえないように呟いてほしいもので、危《あや》うく盛大《せいだい》な舌打ちをするところだった。

「オーナーさん、私はアイーノ伯爵と申します。大至急王子殿下に取り次いでいただきたい」

「では、アポイントメントはお取りですか？」

「また、それか」

アイーノ伯爵はうんざりだと言いながら、私に近づいた。

「お嬢ちゃん、これは遊びじゃないんだ！　早く、王子殿下を連れてこい」

王子殿下の婚約者《こんやく》に対しての態度云々《うんぬん》も別にして、王子殿下を〝呼んでこい〟とは、どれだけ自分が偉《えら》いつもりでいるのか？

元々庶民《しょみん》であったという経歴をものともせず、国王陛下に認められて伯爵位をもらった努力家とは思えない態度に呆れてしまう。

爵位《しゃくい》を持ったことで、庶民の感覚を忘れてしまう人を何人も見てきたが、ここまであからさまに私を見下してくる人も珍《めずら》しい。

黙《だま》っていればイケオジと言われそうな見た目のアイーノ伯爵だが、ゴロツキのような口ぶりと、傲慢《ごうまん》な態度がつり上がった目元に表れている。

あまりにも軽率《けいそつ》な振る舞《ま》いに、よく貴族になれたと感心してしまいそうになる。

「王子殿下は当ホテルの重要なお客様であり、プライベートな時間を過ごすためにお泊《と》まりいただいていますので、おいそれと勝手な真似《まね》はできません。ご了承《りょうしょう》ください」

オーナーとしてのお客様への対応をしているが、アイーノ伯爵は眉間《みけん》にシワを寄せた。

「君はことの重大さに気づいていないようだな！　ホテルのオーナーとしての自覚が足りないんじゃないか？」

「そうよ！　ノッガー先輩はオーナーとしての自覚が足りないわ！」

　この親子は貴族としての自覚が足りないいんじゃないのか？　と返したいのをグッと耐《た》えた私は偉いと思う。

「王子殿下は国の宝だぞ！　そんな宝をこんな古くてカビ臭《くさ》くて本物のお化け屋敷《やしき》のホテルと言うのも烏滸《おこ》がましいような建物に滞在《たいざい》させるなんて、頭がおかしいんじゃないか？」

「お化け屋敷に泊まらないといけないなんて王子様が可哀想《かわいそう》」

　王子殿下の婚約者にそんなホテルを売りつけて、そんな暴言を吐いている方が頭おかしいんじゃないのか？　と強く言いたい。

　見れば、モーリスさんが自警団長と数名の自警団員を連れてきてくれたようで、離れたところからこちらをうかがっている。

「早く王子殿下を助け出さなくては！　婚約者と言っても政略結婚《けっこん》に過ぎないからってそんな配慮《はいりょ》もできないとは、所詮《しょせん》はおままごとということか」

　吐き捨《す》てるように言われた言葉に、子ども達から殺気が溢《あふ》れる。

「君のように可愛げのない女に王子殿下の婚約者なんて務まるわけがない。娘から色々と聞いているぞ！　王子殿下に宝飾品《ほうしょく》をねだったり、国税を好き勝手に使っているそうじゃないか！　早く婚約破棄《はき》して私の娘にその場を譲《ゆず》りなさい」

アイーノ伯爵が横にいた娘のミッシェルさんの肩を抱くと、ミッシェルさんは照れたような笑顔をこちらに向けてきた。

「それは誤解ですわ。殿下の資産は国税ではなく、殿下が正当な方法で稼《かせ》いだお金ですし、殿下から買っていただいた物も数多くはありません。私が欲《ほ》しいものを的確に理解してくださってますので物では私が喜ばないと解っているのです」

「物ではないだと！　そうやって王子殿下の寵愛《ちょうあい》を受けようとするなんて、いやらしい女だな」

この空気の読めない親子を貴族にしたのは誰ですか？　怒らないから出てきてほしい。

いや、普通に考えたら国王陛下が任命しないと貴族にはなれない。

これは、王妃《おうひ》様に怒ってもらおう。

私は脳内でそこまで考えた。

「あの～、何を揉《も》めてらっしゃるんでしょうか？」

そこで、ようやく自警団長が話しかけてきた。

貴族相手だということもあり、慣れない敬語で頑張《がんば》って声をかけてくれたのが解る。

「ああ、いいところに！　お前達自警団の者だろ！　王子殿下誘拐《ゆうかい》の犯人だ。コイツらを牢《ろう》にぶち込んでくれ」

　犯罪をでっち上げるのは、犯罪です。

「アイーノ伯爵、それ以上は名誉毀損《めいよきそん》で慰謝料請求させていただきますが、よろしいですね！」

「何が慰謝料請求だ！　煩《うるさ》い誘拐犯め」

　私が困った顔を自警団長に向けると、自警団長も困った顔をした。

「誘拐……ですか？」

「そうだ、幽霊屋敷に拉致監禁《らちかんきん》だ！」

「昨日、王子殿下に会ってお話しさせていただきましたが、拉致監禁されてませんでしたが？」

　アイーノ伯爵は苛立《いらだ》ちを解りやすく顔に張りつけて叫んだ。

「拉致監禁されて、政略結婚させられそうになっているのがどうして解らないんだ？　うちの娘の婚約者になるお方を早く助け出せ！」

「好きでもない女性と政略結婚だなんて、自警団員様お願いです。王子様を助けて」

　血管が浮き出るほどの怒号《どごう》を上げるアイーノ伯爵とそれを煽《あお》るようなアイーノ嬢に、何言ってるんだコイツらと言いたそうな顔で自警団長は言った。

「政略結婚ですか？　俺には王子殿下が婚約者様にメロメロにしか見えなかったが？」

「お前の目はどうなってるんだ！　医者に行け！　王子殿下は娘を愛しているんだぞ」

「そうよ！　そうよ！」

自警団長は明らかに、大変ですねというオーラで私に軽い会釈《えしゃく》をした。

「何騒いでるんだ？」

そこに、我慢の限界が来てしまった殿下がやってきた。

明らかにうんざりしているように見える。

「王子殿下！　やっとお顔を拝見できましたな！　さあ、こんなところから早く出ましょう」

「何言ってるんだコイツ」

殿下はため息をついてから私の横に立った。

「王子殿下ともあろうお方が、こんなところに泊まるなど言語道断！　我がアイーノ伯爵家が所有する最新高級ホテルにうつりましょう」

殿下は大きなあくびを一つした。

「なんだか解らんが、俺はこのホテルが気に入っている。他に泊まるつもりはない」

アイーノ伯爵は目を見開いた。

「信じられない！　何をおっしゃっているのです？　こんなお化け屋敷を気に入っている？」

「さっきからお化け屋敷お化け屋敷言ってるが、このホテルに出る幽霊は家族を心配してホテルの経営を手伝う妖精《ようせい》のような幽霊であって、害もないどころか会えたら恋人《こいびと》の絆《きずな》を強くしてくれるような幽霊だ」

殿下はそう言って私の腰《こし》に腕を回して引き寄せた。

「その上これからは、王族に加護を与《あた》えるドラゴンが作った天然温泉が自慢《じまん》のホテルになる」

殿下はそんな説明をしながら私の頭にチュッと音を立ててキスをした。

な、何故突然キスしてきたんだ？

「殿下、人前でやめてください」

私が小声で言えば、殿下はフンと鼻を鳴らした。

「空気読めないやつには、空気を読まない対応をしているだけだ」

得意げにそう言う殿下に思わず舌打ちしてしまったのは、恥《は》ずかしくて耐えられなかった弊害《へいがい》だと思ってほしい。

「まさか、王子殿下は幽霊に洗脳されているんじゃ！」

アイーノ伯爵はめげずに突拍子《とっぴょうし》もないことを言ってくる。

「幽霊を使って殿下を洗脳するとは、ノッガー伯爵令嬢は魔女《まじょ》に違いない！」

「……まあ、魔女みたいに笑うこともあるな」

殿下が小声で呟いた言葉に、思わず殿下の足を踏《ふ》んでしまったが、許してほしい。

「アイーノ伯爵、俺の婚約者を魔女だと言ったか？」

「そうです。王子殿下目を覚ましてください！」

必死に訴えかけてくるアイーノ伯爵と、私心配してます顔のアイーノ嬢。

「目を覚《さ》ますも何も、王族は神殿《しんでん》で光の祝福を受けているから、洗脳は百パーセント無理だぞ。国のトップが洗脳なんかされてたまるか」

「ですが、王子様はノッガー先輩にいいように使われているではありませんか！　神聖なドラゴンの力をお化け屋敷に使うなんて！」

アイーノ嬢は目に涙を溜《た》めてウルウルとした瞳で殿下を見つめた。

「ドラゴン様を使うなどと、何を言っている？　ドラゴン様は王族よりも上の存在だ。頼んだからといって力を貸してくださるような存在ではない。ドラゴン様がこのホテルを気に入ったから力を貸してくださっただけだぞ」

自警団長達もどうしたものかと思案しているようだ。

下手に手を出せないのは、自警団長が貴族ではないからだと思う。

思い込みが激しくて空気を読めないがアイーノ伯爵は貴族。

自警団長が尻《しり》込みするのも解る。

「アイーノ伯爵は解っていないな。王族の中でも王位継承《けいしょう》者はドラゴンの加護を受けた

化け物で、そんな王族に嫁《とつ》いでくるのが魔女ならお似合いだと思うがな」

その原理でいくと、私は魔女だと認めることになってしまうのだが。

不満は多いにあるが、今は面倒《めんどう》なクレーマーを退治する方が先である。

「魔女とドラゴンの加護は別物ではありませんか！」

殿下はフーと息を吐くと言った。

「アイーノ伯爵、あまり調子に乗らない方がいい。ユリアスは国王と王妃と俺が手を尽《つ》くして手に入れた婚約者だ。俺の愛する婚約者であるユリアスの敵になるのであれば、王族全員を敵にすると思え」

「ですが、王子殿下は娘を愛しているのでは？　娘はずっとそう言って」

アイーノ伯爵の言葉に、殿下は嫌《いや》そうに眉間にシワを寄せた。

「娘の妄想癖《もうそうへき》も見抜《みぬ》けぬとは。俺が愛しているのはユリアスだけだ」

殿下の迷惑《めいわく》そうな顔に流石《さすが》のアイーノ伯爵も言葉を失った。

「話は終わったのかい？」

見ればバネッテ様が二階からこちらを見ていた。

「その面倒臭《めんどうくさ》いやつら、私が海に捨ててこようか？」

殿下からあの二人の顔はもう見たくないという雰囲気を感じ取ったのか、バネッテ様がクスクス笑いながら言い、殿下はお願いしますと即答《そくとう》した。

バネッテ様は楽しそうに声を出して笑うと、背中だけドラゴン化させて羽を生やしてアイーノ伯爵達の首根っこを掴んで飛んでいき、海にポイっと捨てたのがホテルからよく見えた。

町の人達も複数人目撃《もくげき》して、なんだか騒ぎになっているが気づかなかったことにした。

そんなことより、遠い沖に捨てなかったのはバネッテ様の優しさだと思う。

「お嬢さんも、あんな面倒なやつらを丁寧《ていねい》に扱って凄いねぇ！　私なら絡《から》まれて直ぐに雪山のてっぺんに捨てに行くよ」

バネッテ様はそう言って笑ったが、雪山のてっぺんは死んじゃうので許してあげてほしいと強く思ったのだった。

後日、アイーノ伯爵は勘違《かんちが》いから暴走して、ノッガー伯爵家に喧嘩を売り天罰《てんばつ》を喰《く》らった家と噂《うわさ》された。

アイーノ伯爵はそのことを逆恨《さかうら》みし、裁判をすることを決めあることないことでっち上げた罪で訴えてきたが、証拠を入念に集めるユリアスにコテンパンにやり込められ、結局多額の慰謝料を毟《むし》り取《と》られたのは言うまでもない。

伝説のホテル・チャロアイト

アイーノ伯爵《はくしゃく》が怒鳴《どな》り込んできた日からしばらくして、私はモーリスさんにホテルを任せて旅行を終了《しゅうりょう》した。

そして、さらに数日後にホテル・チャロアイトは新装開店を果たした。

新装開店初日は予約で満室になった。

温泉施設《しせつ》だけを利用するお客様もたくさん訪れ、プールも多くのカップルが利用してくれた。

『アリアド支店』もしばらくはマイガーさんに店長代理をしてもらって、適任者を育成中だ。

マイガーさんに店長になってもいいと言ったが、バネッテ様の家の近くにいたいから代理がいいと嫌《いや》がられてしまった。

それに、幽霊《ゆうれい》であるジョゼフさんとリアーナさんの人気が凄《すさ》まじい。

幽霊の出る部屋では簡単な物を浮《う》かしたり、起こしてほしい時間を指定しておけば幽霊があの手この手で起こしてくれるサービスのようになっている。

たまに、ホテルの壁《かべ》に血文字が現れるが、怖《こわ》いというよりパフォーマンスだと思ってくれる人がほとんどだ。

「いつ見ても画力が個性的だよね」

「え？　俺は好きだよ」

「犬描《か》いたのに、豚《ぶた》って言われてこないだ凹《へこ》んでたんだから言ってやるなよ」

子ども達によく弄《いじ》られているのは、楽しそうだから放っておくことにしている。

従業員もきちんと面接をして、まともな人を選べたと思っている。

それに、幽霊夫婦《ふうふ》が給料を寄付してほしいと言っていた養護施設にも善良な貴族を装《よそお》って、少しでも多くの身寄りのないお子さん達に立派な教育を受けさせたいと銘打《めいう》って、従業員の英才教育をこの町で始めた。

これで、人員不足なんてことには、ならないだろう。

新装開店日はバネッテ様に頼《たの》んでホテルでトラブルがないかをチェックするために私も足を運んだ。

初日の売り上げをモーリスさんが泣きながら報告してくれたのが凄《すご》く印象的だった。

それから一週間後にキャンバー侯爵《こうしゃく》家のパレット様が婚約《こんやく》者様と泊《と》まりに来てくださった時は殿下《でんか》もホテルにやってきた。

パレット様の婚約者は、私の一つ下の学年で私のことを知ってくれているらしく、キラキラとした目で挨拶《あいさつ》をされた。

「お初にお目にかかります。ビインズ公爵《こうしゃく》家次女サラと申します」

優雅《ゆうが》な立ち振《ふ》る舞《ま》いが、流石《さすが》公爵家と言わずにはいられない雰囲気《ふんいき》を出していた。

「あの、ノッガー様」

「私のことはどうぞ気軽にユリアスとお呼びください」

私の言葉に、サラ様はしばらく動きを止めた。

失礼だっただろうかと思った瞬間《しゅんかん》、手をガシッと掴《つか》まれた。

「恐《おそ》れ多《おお》いですわ」

私も殿下も何を言われたのか解《わか》らず首を傾《かし》げたが、パレット様だけが肩《かた》を震《ふる》わせて笑いを堪《こら》えているようだった。

「すまない。サラはユリアス嬢のファンクラブに入っているんだ」

？　？　？

混乱している私をよそに、サラ様はキラキラの瞳《ひとみ》でコクコクと頷《うなず》いていた。

「ノッガー様の下の学年や庶民棟《しょみんとう》の皆《みな》さんと作りましたのが、総勢百人超《ご》えの巨大《きょだい》ファンクラブその名も『ノッガー伯爵令嬢《れいじょう》を愛《め》でる会』ですわ！」

そう言って、白銀のカードを突《つ》きつけられた。

見れば『会員ナンバー八』と一桁《けた》代の数字が刻まれている。

そんな、私のあずかり知らぬ団体が存在したことを、今の瞬間まで知らなかったことが不思議である。

「百人超え……」

そんなにいたら少しは存在を意識できる気がするのだが、知らなかった。

「活動内容は、ユリアス嬢の邪魔《じゃま》をしないように遠くから見守り、ユリアス嬢の店で服を買い、お茶をしながらユリアス嬢の話をする会らしいよ」

パレット様は楽しそうに教えてくれたのだが、なんとも言えない活動内容である。

その活動内容で、百人超え？　頭が混乱する。

「ファンクラブがあるのは知っていたが、でかい組織だな」

殿下の呆《あき》れた声に、私は驚《おどろ》いた。

「知ってらしたのですか？」

「たしか、マイガーが入ったと言ってたな」

理解ができず呆然《ぼうぜん》とする私に、殿下はいい笑顔《えがお》を向けた。

「安全な組織なのか調査するために入ったのだろう」

〝たぶん〟と聞こえてきそうな感じがする。

「とにかく、サラはユリアスさんが大好きだから仲良くしてあげて」

パレット様の言葉に頷こうとしたら、それよりも先にサラ様が首を横に振った。

「恐れ多いから」

「仲良くするのって駄目《だめ》なの？」

「ファンごときが不用意に近づいていい存在じゃないから」

殿下が横でお腹《なか》を抱《かか》えて笑っているのを見て、舌打ちしてしまったのは仕方がないと思う。

私はゆっくりと笑顔を作ると、サラ様に言った。

「私は、サラ様と仲良くなりたいですわ」

「推《お》しが尊い」

未知の言葉を聞いた。

〝オシガトウトイ〟とは？

「え～と、殿下のお友達のパレット様の婚約者様であるサラ様と私に友情関係は築けないと？」

「神のような存在と、友達にはなれないと思うのです。崇拝《すうはい》ならできます」

違《ちが》う。何かが著《いちじる》しく間違っている。

「……解りました。では友情は一先《ひとま》ず置いて、ビジネスの話ならいかがですか？　公式オフィシャルグッズ販売《はんばい》などを視野に入れる予定はございませんか？」

私の言葉を聞くと、サラ様は膝《ひざ》から崩《くず》れ落《お》ちた。

慌《あわ》てる私と殿下とパレット様をよそに、サラ様が何やら呟《つぶや》いている。

「えっ、推しがビジネスの話してる。カッコイイ上に素敵《すてき》すぎて足に力入んないんだけど、え？　尊みが半端《はんぱ》なくて昇天《しょうてん》しそうなんだけど」

パレット様がサラ様を抱《だ》き起《お》こすとなんとも残念そうに口を開いた。

「僕の婚約者、末期の何かを拗《こじ》らせてるみたいだからビジネスの話は僕に言ってもらっていい？　このまま縁《えん》を繋《つな》ぐとサラの心臓止まりそうだから僕が仲介《ちゅうかい》するね」

流石の殿下も若干《じゃっかん》引き気味にそれがいいと納得《なっとく》していた。


色々と問題のあったホテル・チャロアイトだったが、連日の盛況《せいきょう》ぶりに潰《つぶ》れかけていたとは思えないところまで盛り上げることに成功した。

ドラゴンの作った温泉に入れて、カップルで行くと仲を深めることができて、ホテルを害そうとすると天使が舞い降《お》りて鉄槌《てっつい》をくだす。

そんな、王族御用達《ごようたし》のホテルだと噂《うわさ》されるのに時間はかからなかった。

ようやくホテルの仕事が落ち着いた夜、せっかくなので殿下とプライベートビーチを散歩することにした。

「足元、気をつけろよ」

そう言って手を繋いでくれる殿下に少なからずドキドキしてしまう。

「今回、ホテルの再建をお手伝いくださり、ありがとうございました」

純粋《じゅんすい》にお礼を言ったのに、殿下はフンッと鼻を鳴らした。

「お礼を言われるようなことはしていない」

そんなことは、絶対にない。

「そう、言われましても……私は今回殿下に本当にたくさん助けられ、頼《たよ》りきってしまっていたと思うのです」

「それの何が悪いんだ？」

たくさん迷惑《めいわく》をかけたのだ。少なからず悪いと思う。

「ユリアス」

突然《とつぜん》名前を呼ばれ、殿下を見れば思ったよりも近くにいて驚いた。

「今回、ユリアスが俺を頼ってくれて……嬉《うれ》しかった」

殿下は照れたように頭を乱暴にかくと、笑った。

「最初は俺がユリアスに頼っていたからな。頼られて嬉しかったんだ。これからずっと守りたいって思った。だから、これからも遠慮《えんりょ》なんか一切《いっさい》せずに俺に頼ってくれ」

殿下の真《ま》っ直《す》ぐな言葉に、私は息を呑《の》んだ。

ドックンと心臓が脈打つ感じがして、胸が苦しくなる。

「ユリアス？」

今、殿下が好きだと強く思った。

「好きです」

消えそうな声が漏《も》れた。

自分でも聞き取れないぐらいの小さな告白。

そんな告白を殿下は聞き取ってくれて、私を力強く抱きしめてくれた。

「俺の方が好きだ」

耳元で囁《ささや》かれ、ゆっくりとキスをされた。

「俺は君の魔性《ましょう》の魅力《みりょく》にやられているから他を見る余裕《よゆう》などない」

「それは私にメロメロだと言っているのですか？」

「そうだ」

そう呟いた殿下と二度目のキスを交《か》わした。

その後、私と殿下はしばらく抱きしめ合いながら夜の海を眺めたのだった。


ホテル・チャロアイトをひょんなことから手に入れてしまってから、色々なことが起きたが、無事に繁盛《はんじょう》させることができ、私は油断していた。

後日、マチルダさんがホテル・チャロアイトでの出来事を、私と殿下をモデルにしたラブロマンス小説のストーリーの一つとして書いたことにより、ホテル・チャロアイトが伝説のホテルと呼ばれるようになるのはそう遠くない未来の話。

END

あとがき

この度《たび》は『勿論《もちろん》、慰謝料請求《いしゃりょうせいきゅう》いたします！　5』を最後までお読みくださりありがとうございます！

ｓｏｙと申します。

五巻を出すことができたのも、皆様《みなさま》のお陰《かげ》でございます！

今回は、私が心霊《しんれい》動画に激ハマりしてしまったがために書かれたものになります。

いつもではありえない、怯《おび》えるユリアスとそんなユリアスが可愛《かわい》くて仕方がない殿下《でんか》を楽しんでいただけたら嬉《うれ》しいです。

今まで、何かにつけて残念と言うか、不憫《ふびん》な殿下が今回は頑張《がんば》ってユリアスに想《おも》いを伝えています。

そんな殿下を恰好《かっこう》よく感じていただけたなら本望《ほんもう》です。

そして、毎回ですが、ｍ／ｇ様のイラストが神なのです。

私が漠然《ばくぜん》と書いたモーリスとハンナのキャラクターイメージの殴《なぐ》り書《が》きを、想像以上のできで出してくださいまして、娘《むすめ》がモーリスのイラストを見た瞬間《しゅんかん》「推《お》しキャラ来たコレ」と言うほど気に入ってしまう素晴《すば》らしさでした。

感謝の言葉しか出て来ません。

ありがとうございます！

最後に、刊行にあたり本作に関わってくださった沢山《たくさん》の方々に厚く御礼申《おんれいもう》し上《あ》げます。

そして、ここまで読んでくださった皆様も本当にありがとうございます。

またお会いできる日を夢みて、失礼させていただきます。

soy

番外編　幸せにしたい　カローラ目線

わたくしカローラは、父親がノッガー伯爵《はくしゃく》家の料理長をし、母親がメイド長をしている環境《かんきょう》で育ちました。

執事《しつじ》長とお嬢様《じょうさま》のお店を取りまとめる店長からは護身術を習い、母や他のメイド達からは完璧《かんぺき》なマナーを叩《たた》き込まれる生活。

息抜《いきぬ》きと言えば、お嬢様の話し相手として経営学を学ぶこと。

そんな私の楽しみは、お嬢様が支援《しえん》している養護施設《しせつ》に新しく入ってくる子ども達を、笑顔《えがお》にすること。

両親を亡《な》くした子や貧困《ひんこん》から捨てられた子、虐待《ぎゃくたい》を受けて保護されている子。

そういった子は皆《みな》ガリガリに痩《や》せていたり、眠《ねむ》れないのか隈《くま》ができていたりとか、酷《ひど》い子になればアザがあったりする。

そんな子達を見ると、私が幸せにしてあげたい！　と強く思ってしまう。

今や立派な職業につく両親だが、お嬢様に拾われる前は隣国《りんごく》の名家の子息と平民の家の娘《むすめ》だったらしく、身分違《ちが》いの恋《こい》をして駆《か》け落《お》ちしたのだと言う。

私が生まれた時には、すでにこの国にいて貧しいながらに仲良く暮らしていた。

でも、身元の解《わか》らない人間を雇《やと》ってくれる職場はほとんどなく、日雇いの仕事を探す両親に迷惑《めいわく》をかけたくなくて、わたくしはいつもお腹《なか》を空かせていたのです。

そんな私達を拾ってくれたのが、お嬢様でした。

ノッガー伯爵家で雇っていただけることになった時、わたくしの口の悪さに執事長が飛んできて一から直されたのは……忘れられない時間でした。

ノッガー伯爵家の人達は皆、優《やさ》しく気品に溢《あふ》れていて、逃《に》げ出《だ》したくなるほど厳し……ゲフンゲフン。愛情をたくさん与《あた》えてもらい私はどんなところへ出しても恥《は》ずかしくないメイドになることができました。

そんな過去もあり、幸《さち》の薄《うす》そうな子どもを見るとわたくしがもらった愛情の欠片《かけら》でも分けてあげられたらと思ってしまうのです。

だからこそ、養護施設に預けられる子達にはたくさんの愛情を注いでいるのですが、お嬢様が管理する養護施設に来る子ども達は衣食住の心配もなくなり、適切な教育を受け養護施設の仲間を家族のように慕《した》い、直《す》ぐに幸せになってしまうのです。

そんなある日、わたくしは運命の人を見つけました。

お嬢様が新たに始めたホテル事業の支配人。

ひょろっとした見た目に隈がくっきりと浮《う》かぶ目元、何をしていても気怠《けだる》げな雰囲気《ふんいき》！　蹴《け》ったら簡単に骨が折れてしまいそうなそんな儚《はかな》さ、幸の薄そうなオーラに一生をかけてこの人を幸せにしたいと叫《さけ》んでしまいたくなる。

この人の見た目や漂《ただよ》うオーラが全てわたくしのストライクゾーンど真ん中で、ドチャクソタイプ！　絶対に結婚《けっこん》する！

この人を幸せにするのはわたくしだ。

そう決めた瞬間《しゅんかん》、横にいたお嬢様が不思議そうにわたくしを見ていた。

「支配人、各部屋の清掃《せいそう》、終了《しゅうりょう》いたしました」

支配人はわたくしの顔をニコニコと見つめた後、頭が理解できていなかったのか、ゆっくりと首を傾《かし》げた。

「えっ？　もう？」

そんな反応も凄《すご》く可愛《かわい》い。

抱《だ》きしめたら顔を真っ赤にして狼狽《うろた》えてくれるだろうか？

「確認《かくにん》していただいても構いません」

「いえ、カローラさんの正確な仕事を、自分は信頼《しんらい》しています」

なんなの何処《どこ》からどこまで全て可愛い。

好き。

わたくしは無表情にそう思った。

「あの、えーっと、もしかしてセクハラ発言でしたか？」

不安そうに私の顔を見つめる支配人。

押し倒《たお》してわたくしがセクハラしてしまいたい。

「いえ、支配人の従業員に対する信頼に感動しておりました」

「そうですか？」

照れたように頭をかく支配人にムラムラしてしまう。

わたくしがこれまで見てきた人達の中でダントツで不健康そうな支配人は、わたくしがどんなに時間を作り出してもお昼寝《ひるね》の一つもしないし、栄養たっぷりの料理を作ってもヒヨロッとしたままでなかなか幸せボディになってくれない。

支配人のお母様に心配していると言ったら、『カローラちゃんがお嫁《よめ》に来てくれたら成仏《じょうぶつ》しちゃいそうなぐらい安心なんだけど』と血文字で返してくれ、嫁姑《よめしゅうとめ》問題もなくお嫁に行ける。

妹のハンナさんもわたくしには協力的だ。

「カローラさんを見ていると、世の中には逆らっちゃ駄目《だめ》な人種がいるって肌身《はだみ》で感じます」

決して脅《おど》したことなどない。

信じてほしい。


その日、支配人がお休みの日だったはずだった。

支配人が休みだと張り合いにかけるが、支配人が戻《もど》ってきた時に不具合がないように気合いを入れたその瞬間、庭の手入れをしている支配人を見つけ慌《あわ》てて声をかけると、爽《さわ》やかないい笑顔を返された。

「せっかくの休みですから、今まであまり手を加えられなかったところを管理できて助かります」

そう言って汗《あせ》を袖《そで》で拭《ぬぐ》う支配人は素敵だが、これは駄目だ。

「今すぐやめてくださいませ！　支配人をお休みの日に仕事させていたと解ったら、わたくしがお嬢様に怒《おこ》られてしまいます」

「えっ！　怒られるんですか？　……ですが、休みなんて今までなかったので何をしたらいいのか」

「何もしないのが、お休みです！」

困った顔の支配人にわたくしは頭を抱《かか》えた。

休んだことのない人がいるなんて、世の中の雇用《こよう》条件はどうなっているの？

ノッガー伯爵家ではあり得ない状況《じょうきょう》に頭痛がしてくる。

「あの、カローラさん、大丈夫《だいじょうぶ》ですか？　水分いりますか？」

水筒《すいとう》をわたくしに手渡《てわた》しながら支配人が心配そうにこちらを見ている。

「水分補給は支配人がしてください」

心配しているのはこっちなのに、青白い肌も全然消えない隈もヒョロッとした体型も休まないなら当たり前だ。

「わたくし、次の支配人のお休みの日にお休みをいただきます」

「はい？」

「養護施設の子ども達だって教えなくても、お休みできます。教えないと休めない人なんて初めてです！」

「す、すみません」

反省する支配人を見ながら、お嬢様に報告という名の愚痴《ぐち》を言わなくてはと思った。

「とにかく、休んでください」

支配人は頭を下げた。

「そ、そうですね。では、ゆっくり寝《ね》ます」

そう言った支配人は何処か信用ができない。

わたくしはそのまま庭の芝生《しばふ》に座ると膝《ひざ》を叩いた。

「わたくしがきちんと眠れるように膝枕《ひざまくら》して差し上げます」

「へ？」

「さあ、早く頭を乗せてください」

支配人は顔を真っ赤に染めると首を激しく横に振《ふ》った。

「そ、そそそ、そんなことできません」

「わたくしの休憩《きゅうけい》時間が終わってしまいますから、早くしてください」

「休憩時間をそんなことに使っては」

「支配人に膝枕している間、わたくしが支配人の頭を撫《な》でます。そしたらわたくしはこの上なく癒《いや》されますから。Ｗｉｎ－Ｗｉｎの関係です。早くしてください」

支配人はわたくしの膝をジッと見つめ、ゆっくりと横になり膝に頭を乗せた。

重くならないように頭を乗せすぎずに腹筋をプルプルさせているのが解る。

私は支配人の頭を抱えて太腿《ふともも》の上に移動させた。

わざと胸を支配人の顔面に押しつけたわけではない。

信じてほしい。

真っ赤な顔でプルプル震《ふる》える支配人の頭を優しく撫でる。

最高に癒される触《さわ》り心地《ごこち》だ。

「どうですか？　眠れそうですか？」

でしょうねと思いながら頭を撫で続けた。

「カローラさん、その、あまり自分に優しくしないでもらえませんか？　自分が勘違《かんちが》いしてカローラさんを好きになってしまったら困るのでは？」

この人の言葉に、わたくしはニヤリと口元が緩《ゆる》みそうになった。

「わたくしは困ったりしません」

「いや、自分が言いたいのは、カローラさんが無意識にしていることに勘違いする人間がたくさんいるという話で」

「無意識にすることとは？」

何故《なぜ》伝わらないんだと言いたそうな支配人の頭を撫でながら、わたくしはクスクスと笑った。

「わたくし、膝枕なんて初めてしました。無意識ではありません。意識してほしくてしているのです」

赤い顔で口をパクパクして言葉を探しているのに何も出てこない雰囲気の支配人に、わたくしは優雅《ゆうが》に微笑《ほほえ》んだ。

「休み方すら解らない不器用な支配人は、わたくしが全力で癒して差し上げますね」

「こ、こんな、無理！」

「む、無理です」

支配人は、両手で顔を覆《おお》い叫んだ。

無理は酷くないか？

ショックをうけるわたくしに気づきもしないで支配人はさらに叫んだ。

「死ぬ。美人の膝枕とかラッキースケベとか意味深な台詞《せりふ》とか！　自分の一生の幸せ使い果たした！　明日死ぬ！」

明らかに混乱している支配人、可愛い！

「支配人は死んだりしません。わたくしが好きでしたことで支配人の幸せは減ったりしません」

覆った手の指の隙間《すきま》からわたくしを見上げる支配人の頭を撫でながら額にチュッとキスをした。

ああ、ドチャクソ可愛い支配人。

わたくしがニコニコしていると、支配人は真っ赤な顔のまま意識を手放した。

おでこにキスしただけで失神しちゃうなんて可愛すぎる！

わたくしは幸せな気分で支配人の頭を撫で続けた。

目が覚めた支配人はよく眠れたようで、わたくしはかなり満足したのだった。

「カローラさん、モーリスさんからクレームが入ってますわ」

お嬢様に呼び出されたのは想定の範囲《はんい》内である。

「セクハラで、でしょうか？」

「そこまでハッキリは言ってませんでしたが……頑張《がんば》りすぎて逃げられないようにしなくてはいけません」

お嬢様の言い分も解る。

「もっと控《ひか》えめなアピールはできないのですか？」

お嬢様もわたくしが支配人をお慕いしていることを解っているのに、当の本人が認めようとしないのが悪いと思う。

「控えめなアピールとは？」

「軽く手を繋《つな》いでみるとか」

「お嬢様が王子殿下《でんか》に恥ずかしくて無理だと言っていた〝手を繋ぐ〟ですか？　わたくしはいいですが、支配人は耐えられるのでしょうか？」

お嬢様の沈黙《ちんもく》にわたくしは勝ったような気分になった。

「ちなみに支配人はなんと言ってらしたのでしょうか？」

わたくしの質問にお嬢様はお手紙を取り出してわたくしに見せた。

そこには、お嬢様に助けを求めるふうに惚気《のろけ》ているような文面が続いていた。

『この度《たび》は、新オーナーにご相談したい案件がありまして筆をとらせていただきました。

相談と申しますのも、カローラさんのことなのです。カローラさんは美人でスタイルもよく気立てもよく完璧な女性なのですが、危機感が薄いといいますか？　自己評価が低いといいますか？　とにかく無防備だと思うのです。この前も自分の隈のせいで心配をさせてしまったようで、膝枕をしてくれたり頭を撫でてくれたりするのです。一人の男の観点から言っても、もしかしてこの人は自分を好きなんじゃないかと勘違いしてしまうような魅《み》力《りょく》的な行動をしがちなのです。自分が勘違いして好きになってしまうのも時間の問題といいますか？　若い素敵《すてき》な女性なのだから、もう少し危機感を持ってと伝えてほしいのです。自分の立場から言ってしまうとセクハラになりかねない案件だと思わずにはいられず、相談という形をとらせていただきました。何卒《なにとぞ》解決への助言をいただきたいと存じます』

なんとも彼らしくて、可愛らしい手紙である。

「お嬢様このお手紙、いただいてもよろしいでしょうか？」

「私宛《あて》の手紙ですわ」

「ですが、これはほぼわたくしへのラブレターではありませんか？」

お嬢様がグッと息を呑《の》み、そして遠くを見つめた。

「それを使ってモーリスさんを脅したりしませんか？」

「勿論《もちろん》です。約束を破れば慰謝料請求《いしゃりょうせいきゅう》していただいて構いません」

わたくしの強い意思に、お嬢様はわたくしに手紙をプレゼントしてくれた。

思わず顔が緩む。

「カローラさんのそんなに可愛らしい顔、初めて見ましたわ」

思わず首を傾げてしまった。

「無自覚ですか？　カローラさんも恋する乙女《おとめ》ですわね」

お嬢様に言われたくない。

日に日に可愛くなるお嬢様こそ、王子殿下に恋する可愛らしい乙女だ。

お嬢様を政治的に利用するようなやからだったら、王子殿下であったとしても執事長や店長が闇《やみ》に葬《ほうむ》っていただろう。

それが、蓋《ふた》を開けてみればお嬢様をきちんと愛し理解して敬うことができる男だった。

前の婚約者《こんやく》の暗殺計画もとりあえず保留になっているのは、全部お嬢様が楽しそうで幸せそうで周りが安心したからだと思う。

ノッガー伯爵家の宝と言ってもいいユリアスお嬢様を密《ひそ》かに妹のように思っていることは、誰《だれ》にも言ったことがない。

「王子殿下と一緒《いっしょ》にいる時のお嬢様には負けます」

わたくしの言葉にポッと顔を赤らめるお嬢様が可愛い。

「とにかく、押しすぎないように頑張ってください。私はカローラさんの味方ですからね！」

お嬢様に応援《おうえん》してもらい、わたくしは頑張ろうと決意を新たにした。

日帰り温泉施設もホテルの経営も軌道《きどう》に乗ってきたある日、たくさんのお客様がいる前でわたくしはプロポーズをされた。

「俺と、結婚を前提にお付き合いしてください」

手には大きな花束を持ち自警団の制服を着た、がたいのいい健康的なイケメンに。

周りでは女性客の何人かが悲鳴を上げている。

「え～と、お断り申し上げます」

はっきり言って、誰だってぐらいこの人のイメージが微塵《みじん》もない。

「俺は貴女《あなた》を守る自信があります！　収入だって悪くない。貴女を幸せにしてみせます！　だから、ちゃんと考えてくれませんか？」

「あ～。すみません。タイプじゃないのでごめんなさい」

断っているのになかなか諦《あきら》める気配のない彼にきちんと頭を下げた。

「……では、どんな男が貴女のタイプだと言うのですか？」

わたくしはフーと息を吐《は》くと片方の手を頬《ほお》に添《そ》えた。

「まず、ヒョロッとしていて筋肉の類《たぐい》はあまりなく、不健康そうで常に目の下に隈があり仕事を一生懸命《いっしょうけんめい》にこなし、お休みの日は何をしたらいいか解らなくて仕事を始めてしまうような不器用で可愛らしい人が好みのタイプでございます」

かなり具体的に言ってみた。

「それは、モーリスが好きだと言っているのですか？　あいつは貴女を守れるような力はありませんよ」

わたくしは無表情のまま大きくため息をついた。

「本当に、貴方《あなた》とわたくしは考え方から何から何まで合わないようでございます。わたくしは守られたいなどと思ったことは一度もありません。そんじょそこらのゴロツキよりもわたくしの方が確実に強いですし、わたくしは幸薄く不遇《ふぐう》の時を過ごしてきた方をデロデロに甘やかして幸せにすることが好きなのでございます。そして、支配人はわたくしの好みにドストライクですのでわたくしなしでは生きられないぐらい甘やかして差し上げたいのです。女は皆、守られたいと思っているわけではないのです。ですので、他をあたってくださいませ」

わたくしが解りやすく説明したおかげで納得《なっとく》してくれたのか、彼は項垂《うなだ》れた。

その場でやりとりを見ていたお客様達がわたくしをカッコいいだのなんだのと褒《ほ》めてくれた。

そこに騒《さわ》ぎを聞きつけた支配人がやってきた。

「カローラさん、なんの騒ぎですか？」

わたくしが丁寧《ていねい》に説明したせいで、お客様達にわたくしの好きな人が来たことが解ったようでその場がシーンと静まり返った。

「お騒がせしてしまい申し訳ございません。そちらの項垂れている方に結婚を前提にお付き合いしてほしいと言われましたので、丁重《ていちょう》にお断りさせていただいた次第《しだい》でございます」

事情を知らない支配人は項垂れる自警団員の彼を見ると優しく背中をさすってあげていた。

「同情すんな～」

好きな人の想《おも》い人に慰《なぐさ》められたショックからか、彼は走って逃げていった。

周りのお客様達が同情的な目で彼を見送っている中、支配人がポツリと呟《つぶや》いた。

「自分、何か悪いことを言ってしまいましたかね？」

「支配人は何も悪くありません」

わたくしが言い切ると、支配人は困ったように眉《まゆ》を下げた。

「悪いと言うなら、わたくしでしょうか？　あの方がお断りしたにもかかわらずどうして付き合えないのかを聞いてきたので、支配人に対する愛情を懇切《こんせつ》丁寧に語ったことが悪かったのでしょう」

わたくしの説明に、支配人は顔を耳まで赤くして慌てた。

「ま、また、そんなことを言って揶揄《からか》って」

「揶揄っていません」

わたくしは至って真剣《しんけん》だ。

「そ、そんなことばっかり言っていると、自分は本気にしてカローラさんを好きになってしまうんですよ！　だから、揶揄わないでください」

そう叫ぶと、支配人は逃げていった。

「いや、本気にして早く好きになってほしいのですが」

わたくしの呟きは支配人には届かなかったが、お客様達は盛り上がり応援してくれた。

まあ、こうやって地元のお客様を味方につけて、わたくしと結婚しなくてはならないよう外堀《そとぼり》をガッチガチに固めていくのもいいだろう。

わたくしは支配人を幸せにする未来を夢見てほくそ笑《え》むのだった。

■ご意見、ご感想をお寄せください。
《ファンレターの宛先》
〒102-8177 東京都千代田区富士見2-13-3
株式会社KADOKAWA ビーズログ文庫編集部
soy 先生・m/g 先生

B's-LOG BUNKO
ビーズログ文庫

●お問い合わせ
https://www.kadokawa.co.jp/（「お問い合わせ」へお進みください）
※内容によっては、お答えできない場合があります。
※サポートは日本国内のみとさせていただきます。
※Japanese text only

勿論《もちろん》、慰謝料請求《いしゃりょうせいきゅう》いたします！ 5

soy《そい》

2021年2月15日 初版発行
2021年5月15日 再版発行

発行者 青柳昌行
発行 株式会社 KADOKAWA
〒102-8177 東京都千代田区富士見2-13-3
（ナビダイヤル）0570-002-301
デザイン 世古口敦志（coil）
印刷所 凸版印刷株式会社
製本所 凸版印刷株式会社

ISBN978-4-04-736498-1 C0193

定価はカバーに表示してあります。
◇◇◇

婚約回避のため、
声を出さないと
決めました!!
コミカライズ連載開始！
(FLOS COMICにて)
ウソがバレて……
“秘密の共有者”ができました。
①～③巻、好評発売中!
soy
イラスト／krage
本好き令嬢アルティナに王子との結婚話が舞い込んだ！ だけどまだ結婚したくない彼女は取り下げを直訴するも、誰も聞く耳を持ってくれない。そこで声が出なくなったと嘘をついてみたら……事態は好転しだして？

ビーズログ文庫
悪役令嬢は
隣国の王太子に溺愛される
悪役令嬢のはずが・・・
超高スペック王子に
求婚されたんですが!
B's-LOG COMICにて
コミカライズ連載中!!
ぷにちゃん
イラスト/成瀬《なるせ》あけの
王子に婚約破棄を言い渡されたティアラローズ。あれ？　ここって乙女ゲームの中!?　おまけに悪役令嬢の自分に隣国の王子が求婚って!?
①～⑪巻
好評発売中!

ビーズログ文庫
悪役令嬢は推しが尊すぎて今日も幸せ
「悪役令嬢は隣国の王太子に溺愛される」
スピンオフ登場!!
ぷにちゃん
イラスト／すがはら竜《りゅう》　キャラクター原案／成瀬《なるせ》あけの
乙女ゲームの悪役令嬢に転生した公爵令嬢オリヴィア。でも気にしない。だってこの世界全てが私の「推し」だから！　攻略対象に会うたび興奮で鼻血が止まらないけど、忠実な執事レヴィと協力してお役目全うします！